O VÍCIO DO AMOR

MARIO SABINO

O VÍCIO DO AMOR

EDITORA RECORD
RIO DE JANEIRO • SÃO PAULO

2011

Cip-Brasil. Catalogação-na-fonte
Sindicato Nacional dos Editores de Livros, RJ.

S121v   Sabino, Mario, 1962-
        O vício do amor / Mario Sabino. – Rio de
        Janeiro : Record, 2011.

        ISBN 978-85-01-09525-1

        1. Romance brasileiro. I. Título.

                        CDD 869.93
11-4842   CDU 821.134.3(81)-3

Copyright © by Mario Sabino, 2011

Capa: Leonardo Iaccarino

Texto revisado segundo o novo Acordo Ortográfico da Língua Portuguesa.

Direitos exclusivos desta edição reservados pela
EDITORA RECORD LTDA.
Rua Argentina 171 – Rio de Janeiro, RJ – 20921-380 – Tel.: 2585-2000

Impresso no Brasil

ISBN 978-85-01-09525-1

Seja um leitor preferencial Record.
Cadastre-se e receba informações sobre
nossos lançamentos e nossas promoções.

Atendimento e venda direta ao leitor:
mdireto@record.com.br ou (21) 2585-2002.

EDITORA AFILIADA

PREFÁCIO

Onde está a minha cara-metade? Boa pergunta. Velha pergunta. Desde Platão que os homens a fazem. Tempos houve em que éramos perfeitos e perfeitamente esféricos. Mas a ira dos deuses perante tamanha soberba terminou com a festa. Fomos brutalmente divididos em dois.

O amor, ou a busca de amor, não é mais do que a tentativa de encontrar em vida o que nos foi roubado no princípio dos princípios.

Eis a história mitológica que encontramos no *Banquete* pela boca de Aristófanes e que praticamente determinou a discussão amorosa nos séculos seguintes. Amar é procurar. Amar é encontrar. E, quando finalmente encontramos a metade que nos falta, seremos unos e felizes para sempre.

Não vale a pena dissertar sobre as mil obras, e os mil equívocos, que se fizeram à sombra desse ideal. Prefiro formular a questão inversa sobre ele: e se esse ideal não passa de uma construção falaciosa dos homens para embelezar a sua própria natureza bestial? A vida como quimera incessante de um coração apaixonado: haverá forma mais narcísica de mostrarmos ao mundo que temos um?

Os personagens de *O vício do amor* acreditam que sim: vaidade, tudo é vaidade. Por isso eles se situam no extremo oposto das versões idealizadas do amor romântico. E esse extremo não é marcado pelo ódio. O ódio é sempre uma forma distorcida de amor.

O avesso do amor é a indiferença. E não existe nada de mais anticivilizacional do que a ideia bem perversa de que "a indiferença pelo outro é nosso estado natural por excelência".

Os personagens de Mario Sabino habitam esse estado natural, feito de tédio e suave inumanidade. Na definição de Fernando Pessoa, não são poetas porque não são fingidores. São vingativos, narcísicos, escrotos. Sem desculpa, sem desculpas.

E se a história romântica da Humanidade é essa busca incessante (e apaixonante) da metade que nos falta, o livro de Sabino ocupa-se do lado lunar da nossa condição: o lado dos que não procuram nada, dos que não amam ninguém. Porque não precisam de. Porque não são capazes de.

O vício do amor é um livro sobre ruínas, escrito entre ruínas. As ruínas físicas estão em Roma, a cidade onde o narrador revisita o seu passado sentimental com o método paciente de um arqueólogo profissional: camada a camada, despojo a despojo, labirinto por labirinto.

Mas as ruínas principais não são tangíveis; são feitas de memórias e povoadas por mulheres que partilham entre si o mesmo código de ausência, fraqueza e traição. E, claro, uma incapacidade estrutural para amar.

A mãe. Isabel. Lorenza. Três mulheres. E, das três, poderia ser dito o que o narrador afirma sobre a última delas: são ocas por obra do amor dos mal-amados. São ocas como putas depois do programa. Na verdade, nem são mulheres. São estátuas. E não é por acaso que Isabel termina os seus dias literalmente como uma.

E nesse rastro de desolação, o que resta, afinal?

Curiosamente, restam as palavras. Ou, sem pompa nem maiúscula, resta a literatura. Mas não a literatura como forma de transformar o mundo e redimir os homens da sua irredimível condição. Depois do fracasso das grandes narrativas históricas, a ingenuidade ideológica, como diria Talleyrand, não seria apenas um crime; seria um erro.

O fim último das palavras é serem exatas sobre nós e sobre os outros. Sem máscaras ou eufemismos.

Repetidamente, obsessivamente, o narrador retorna ao mesmo tema: a imperiosa necessidade de ser exato no que diz e na forma como diz. Ou, como o próprio afirma, "me recuso a trancafiar as palavras num Lager e esperar que morram à míngua".

A verdade do que dizemos, por mais intolerável que seja; a verdade com que o fazemos, por mais dolorosa que se apresente — eis a única forma de nos confrontarmos com a "infelicidade do mundo" e, apesar de tudo, aceitarmos o nosso lugar nele sem a "miséria neurótica" que nos persegue.

Uma forma de reconciliação? Talvez. A reconciliação imperfeita que o narrador recebe no final, ao ler as palavras exatas, brutais e desapaixonadas de Renata, a última e a mais importante das mulheres deste livro. Não apenas por ser a única que, desde o início, sempre recusou a versão do amor como manifestação narcísica das nossas humanas vaidades.

Mas porque, através dela, encontramos a única declaração de amor que interessa: a declaração dos que prometem nada prometer; e que, apesar disso, ou talvez por causa disso, são os únicos que cumprem realmente.

João Pereira Coutinho
Lisboa, julho de 2011

A Trento, meu avô,
de quem herdei Roma

Yet each man kills the thing he loves
By each let this be heard,
Some do it with a bitter look,
Some with a flattering word,
The coward does it with a kiss,
The brave man with a sword!

Some kill their love when they are young,
And some when they are old;
Some strangle with the hands of Lust,
Some with the hands of Gold:
The kindest use a knife, because
The dead so soon grow cold.

Some love too little, some too long,
Some sell, and others buy;
Some do the deed with many tears,
And some without a sigh:
For each man kills the thing he loves,
Yet each man does not die.

Oscar Wilde, *The Ballad of Reading Gaol*

PRIMEIRA PARTE

I

Comecei a tomar antidepressivo depois de descobrir que, enquanto eu a esperava em Berlim, ela chupava um judeu, num hotelzinho sórdido de um buraco qualquer do estado alemão de Hesse. De toda a frase, você deve ter se escandalizado com o livre uso da palavra "judeu". Mas o que eu posso fazer se ele era judeu? Não tenho nada contra judeus, além do fato de não gostar que mulheres minhas os chupem. Mulheres: dobrei a dose de antidepressivo quando descobri que a outra também estava enchendo a boca com o pau de um judeu. Mais um, daí eu registrar a coincidência. Ambas à procura de um amor — jamais fui ou serei suficiente nesse aspecto —, elas ajoelharam-se (no tapete, na cama ou no chuveiro, sei lá, nem gosto de imaginar graficamente) e foram adiante no serviço. O pior é que fui eu a ensiná-las a fazer da forma mais prazerosa. O mestre e suas discípulas. Talvez não tenham estranhado tanto, porque o meu pau é circuncidado. Não tenho nada contra judeus, como disse, porque faço parte de uma das doze tribos. Pedi aos editores da revista literária que encomendaram estas linhas para que não colocassem meu nome no índice e assinassem "Anônimo". Um expediente batido para tentar despertar a curiosidade literária de sua letargia. Revelo-o aqui. Meu sobrenome dá a medida de quanto sou judeu. Chamo-me Marco Levi — nada a ver com Carlo e Primo, autores italianos magníficos, igualmente das doze tribos, e que sofreram nas mãos de fascistas e nazistas, respectivamente. Primo bem mais do que Carlo, porque foi parar em Auschwitz. Pelo fato de eu ser judeu, sei como ficamos aborrecidos quando nos chamam pelo adjetivo. É que ficamos na dúvida se o adjetivo não embute o substantivo pejorativo. Temos razão histórica para isso. Para católicos, protestantes e muçulmanos, "judeu" é uma granada gramatical sempre pronta a ser atirada contra nós. Para judeus, não importa se liberais ou não, o diferente de nós é invariavelmente um "gentio", um "gói", de quem nem sempre, porém, queremos uma libra de carne. Nos casos dos meus dois judeus, eles não fizeram nada de mau para serem substantivos pejorativos. Só foram chupados. Se você entendeu errado, é porque judeus podem ser bem azarados.

Como o tema desta revista literária é "trabalho", você deve estar se perguntando se eu perdi a bússola. Não estou desorientado, é o que eu estou lhe dando para ler: meu trabalho sobre trabalho. Por trezentos dólares, aceitei fazer este aqui. Eu topei sem retrucar que achava o assunto desinteressante. Eu topei sem tentar aumentar o valor do pagamento. Deve cair bem menos na minha conta bancária, já que será deduzido o imposto correspondente ao serviço prestado. Não estou criticando os responsáveis pela editora que me contratou. Escritores são como putas — e seus cachês pelo serviço, portanto, não devem ir além do justo para a profissão. Há as mais caras (não muitas) e as mais baratas (um monte delas). Eu sou uma puta bem barata.

Arthur Schopenhauer, o filósofo que mastigava conceitos para os intelectualmente desdentados, escreveu que existem dois tipos de escritores. Vou traduzir sem aspas, de um jeito mais ou menos literal: o primeiro é composto por aqueles que escrevem por causa do assunto. O segundo é constituído pelos que escrevem por escrever. Os que escrevem por causa do assunto foram iluminados por pensamentos ou experiências que lhes pareceram dignos de serem transmitidos; os outros têm apenas necessidade de dinheiro, e é por isso que escrevem — pelo dinheiro. Estes últimos são logo reconhecíveis, porque prolongam ao máximo seus parágrafos, apresentando meias verdades e ideias tortas, exageradas, desequilibradas. Eles gostam da penumbra, a fim de parecerem ser o que não são. Ou seja, profundos. É por tal motivo que a sua escritura é desprovida de precisão e clareza. Como é que ganham dinheiro com essa porcaria? Acho que ninguém perguntou a Schopenhauer. Talvez ele estivesse falando de Balzac, sempre duro, sempre às voltas com encomendas como esta aqui, mas que ganhava uns trocados a mais se escrevesse umas páginas a mais. Por causa disso, escreveu romances desmiolados, como *A mulher de trinta anos*, que ninguém percebeu, aparentemente, que era sem pé nem cabeça. Não sei se Schopenhauer analisou a obra de Balzac, estou chutando, e não vou ao Google para pesquisar a respeito. Se estiver errado, mande uma cartinha para a editora. Não vai adiantar nada, porque não mudarei uma vírgula na improbabilidade de haver outra edição.

Continuando com o mastigador, os escritores com pensamentos ou experiências dignas seriam, pelo contrário, concisos, exatos, límpidos. Para que a balança pendesse para o lado de gente tão admirável, e o pessoal da penumbra fosse banido, Schopenhauer propunha que os escritores não ganhassem honorários ou tivessem exclusividade sobre os direitos de publicação de suas obras. Mais um alemão com mais uma solução final. E equivocado na classificação: eu, por exemplo, pertenço à categoria dos escritores sem ideias, que escrevem por escrever, mas que gostam de ser precisos, odeiam penumbras e não precisam de dinheiro — ou não estaria perdendo o meu tempo (e o seu tempo, se você estiver do outro lado destas páginas) por trezentos dólares.

Schopenhauer não parou por aí na sua ordenação:

a) Há os que escrevem sem pensar, a partir de reminiscências, ou diretamente inspirados por livros escritos por outros. São os mais numerosos, de acordo com ele. Comporiam a classe econômica da literatura.

b) Os que pensam enquanto escrevem. Existe um bom número deles, segundo o alemão. São a classe executiva.

c) Os que pensam antes de se pôr a escrever. Estes são raros, afirma Schopenhauer. Primeira classe.

Não sei dizer se Schopenhauer esclareceu se as duas grandes classificações se sobrepõem (tudo indica que sim), porque abandonei o opúsculo nas páginas iniciais. Posso afirmar que, no meu caso, há sobreposição. Sou vulgaríssimo: escrevo por escrever (mas sem precisar de dinheiro), sem pensar, a partir de reminiscências ou de obras alheias. O que não significa que não possa pensar enquanto escrevo ou que não possa pensar antes de começar a escrever. Raramente acontece, mas acontece. É óbvio que abandonei o opúsculo de Schopenhauer. Arrisco dizer que, pelo menos no que se refere ao livrinho, ele não pensou antes de escrever e foi fazendo uns puxadinhos retóricos para colocar de pé suas categorizações. Isso não é pensar enquanto se escreve, mas um jeito de encontrar saídas de emergência. Posso dizer isso sobre o trabalho de um luminar, e luminar alemão, que nem terminei de ler, porque escrevo sem pensar.

2

Schopenhauer, as mulheres que me traíram: o que toda essa introdução tem a ver com trabalho? Se você atentasse para a palavra "Schopenhauer", a como ela soa chula em nosso idioma, ganharia nota dez em interpretação de texto. Tudo ficaria mais fácil, contudo, se eu estivesse escrevendo em inglês. Porque na língua de Lady Gaga — Gaa-Gaa — esse negócio de cair de boca leva o nome de blow job. Trabalho, e do duro. É o que fazemos todos nós, nas atividades remuneradas, inclusive naquelas em que se ganham boladas, com o perdão do trocadilho voluntário.

Meu analista disse que a parte que vem a seguir é muito chata. Ele também disse que falei das minhas ex para agredi-las, porque não superei as traições. Mas eu não o pago para ser crítico literário. E talvez você não ache tão chato assim. E talvez eu procure outro analista porque ele não desconfiou de mim. Então, aí vai:

O primeiro judeu do capítulo anterior — vou chamá-lo de Adolf Cohen (Adolf, capito?) — advogado em Nova York — chupa o pau de clientes ricos, promotores, juízes e banqueiros. Ele começou a querer faturar mais dinheiro sendo chupado, por meio de um esquema parecido com o do financista Bernard Madoff, de pirâmide financeira. Depois que o seu inspirador foi desmascarado e preso — e um jornalista descobriu que ele estava fazendo o mesmo e publicou um artigo na internet — Adolf parou com o trambique a tempo de cobrir todos os buracos com o dinheiro que havia embolsado dos otários. Isso é trabalho? Ainda não.

Adolf deixou o esquema de pirâmide financeira para chupar o pau de um saudita que lhe propôs ganhar uma grana milionária em cima dos soldados americanos que arriscam a vida no Iraque. O saudita era sócio de uma empresa de logística que roubava o governo americano, ao superfaturar as provisões entregues ao exército dos Estados Unidos. Depois que os sócios lhe passaram para trás, o saudita propôs a Adolf que abrisse uma ação contra a empresa em território americano, aproveitando a lei que garante a delatores imunidade e recompensa. Ambos querem faturar alto em cima do sangue da soldadesca, sob a justificativa de que estão defendendo o contribuinte e o Estado americanos. Safadeza? Sim. Imoralidade? Sim. Nojeira? Sim. Para parecer digno, Cohen poderia doar seus honorários para as famílias dos soldados mortos ou mutilados. Mas ele não precisa abrir mão de um centavo. Aos olhos do mundo — o que inclui minha ex —, Cohen está situado confortavelmente dentro dos largos limites do universo do trabalho (Gaa-Gaa).

Dotada de inteligência superior, minha ex foi obnubilada pela procura do amor e pela névoa nas montanhas alpinas. Adolf, muito cordial, a comeu também numa estação de esqui na Suíça, aquele país onde só moram suíços, funcionários das Nações Unidas e escroques internacionais. Agora me diga: você já ouviu falar em alguém que não seja suíço que faz financiamento para comprar apartamento em estação de esqui na Suíça? Pois com a parte do dinheiro que recebia mensalmente do saudita, nos Estados Unidos, a título de honorários legais, Adolf fez um financiamento para comprar o apartamento na tal estação. Desse modo, começou a justificar o crescente aumento de patrimônio na sua declaração de renda e, mais urgente, ainda encontrou uma saída para a segunda parte da equação, como se verá daqui a poucas linhas depois do meu primeiro parêntese. O parêntese: minha ex ficou enternecida com o "esforço financeiro" do amante, que justificava ter um apartamento naquela estação de esqui por ser um edipiano. Era nesse recanto que a mãe dele, Hannah, dava para um suíço quando ela era jovem. E onde — por um acaso alpino como as névoas de inverno — o saudita mantinha um chalé e se encontrava com Adolf para discutir a ação judicial e outros temas polpudos.

A segunda parte da equação: você já ouviu falar em judeu de Nova York que quer ser alemão depois das barbaridades nazistas? Pois para não ter de declarar ao fisco americano a dinheirama que levará do cliente árabe, em francos suíços depositados fora dos Estados Unidos, Adolf passou por cima de pilhas de cadáveres e requereu um passaporte do país de proveniência de seus antepassados: Alemanha. Über alles. Em bancos de Genebra, portanto, ele já tem contas como cidadão alemão, domiciliado numa estação de esqui ali perto. Bingo. E vamos firme no direito, de acordo com o lema do estado de Hesse.

Já que usei o lugar-comum "Bingo", vou contar a história ainda mais comum do segundo judeu do primeiro parágrafo. Muito bem, você percebeu o truque, embora ainda não tenha lido o conteúdo a seguir. Eu lhe daria nota oito em interpretação de texto. O uso de "Bingo" foi mesmo para construir uma ponte para este parágrafo. Nós, escritores, fazemos isso de maneira mais ou menos sutil, dependendo do talento de cada um. Eu não me esforcei para ser talentoso, e fiz uma ponte vagabunda, como as que costumam ruir no meu país natal. Trezentos dólares não paga uma Brooklyn Bridge. Retomando: Alex Smerdiak (Smerdiak, capito?) é lobista de empreiteiras. Faz dinheiro chupando o pau de donos de construtoras e secretários e ministros de governo. Separado duas vezes, ele gasta pouco com mulheres como a minha ex, prometendo que as levará para viagens românticas e, na última hora, inventando que as passagens aéreas para o lugar se esgotaram ou que não há mais quartos de hotel disponíveis. Smerdiak a comeu uma vez e sumiu durante um mês — para reaparecer com a conversinha de que "sentiu saudade". Nos dois meses subsequentes, desaparecia por dias com a desculpa de que estava com amigos, os pais ou os filhos do primeiro casamento.

Além de lobista, Alex fazia a ponte, com sua primeira ex-mulher, uma promotora bandida, entre juízes corruptos e uma quadrilha que explorava jogos de azar, principalmente casas de bingo (daí a pinguela que construí no parágrafo anterior). Essa quadrilha explorava milhares de aposentados que perdiam todas as suas economias na tentativa de preencher as tardes ociosas. Quando tinham suas casas fechadas pela Justiça, Alex e a promotora bandida acionavam seus contatos nos tribunais, para que os magistrados amigos concedessem liminares favoráveis à reabertura dos bingos, em troca de propinas. O esquema foi estourado depois que promotores honestos gravaram a promotora bandida conversando com um dos integrantes da quadrilha. Alex pagou um cala-boca aos envolvidos, para se safar de ser processado. Ele escondeu essa história da minha ex. Quem não esconderia? Mas eu estou contando agora. Rendeu umas boas linhas a mais, e bem precisas, como Schopenhauer admirava.

Quanto à segunda ex-mulher de Alex, com a qual ele apenas coabitou, tratava-se de uma morena bem latino-americana que fazia chapinha e trazia nas fotografias que vi na internet um sorriso cretino, com dentes embranquecidos artificialmente. Era gerente de uma loja de perfumes extraídos de essências florestais. O que a morena bem latino-americana acrescenta ao meu argumento? Mais linhas, embora não ao gosto de Schopenhauer.

Se você atravessou os parágrafos imediatamente anteriores sem achá-los muito chatos, por favor, mande uma cartinha para mim, por intermédio da editora. Não só a lerei, como a repassarei a meu analista. Ex-analista.

Se você não gostou, por achá-lo, além de chato, parcial, lhe darei um prêmio de consolação. Um rabino amigo meu, Issas Odacham, ao ouvir sobre as traições das minhas ex, cometeu uma heterodoxia e citou uma passagem de um livro apócrifo, atribuída a Jesus, filho de Sirach (nada a ver com o Nazareno): "Não tenhas ciúmes de tua mulher para que ela não se meta a enganar-te com a malícia que aprender de ti." Pode usar como quiser: é de domínio público.

3

Se eu disse no início que escritores eram putas, qual a nossa diferença em relação ao resto dos trabalhadores, inclusive advogados pilantras e lobistas corruptores? É que tentamos enganar de uma forma mais nobre, dizendo que somos essenciais para o desenvolvimento da humanidade, a perpetuação da cultura, a manutenção das consciências. Não se trata de um completo estelionato intelectual. É que a literatura nos faz sentir melhores do que realmente somos. Em certas partes do mundo, somos mais abundantes do que varredores de rua. Menos úteis. Em todos os lugares, somos os mais desinformados sobre a vida real. Menos ignorantes apenas do que aqueles que compram nossos livros ou assistem a nossas palestras. Ser informado sobre a vida real significa ter presente que o mundo do trabalho não passa disso: uma putaria. Como já disse, um blow job ininterrupto (Gaa-Gaa) em que todos se chupam e dificilmente o benefício final é alcançado (quando é alcançado) ao mesmo tempo pelas partes envolvidas. É a grandeza da remuneração que difere.

A coisa é de tal ordem que um alemão barbudo do século retrasado — e fedorento, e que comia a empregada, e que extorquia um ricaço que nutria por ele sentimentos homossexuais — inventou a revolução comunista. O destino final seria um mundo sem trabalho, a gandaia rolando solta com blow jobs sempre gozosos, desinteressados e fraternos. Ela só foi tomada a sério por gente que virou comunista por estar de saco cheio de chupar pau de patrão (desta vez, o trocadilho infame foi involuntário). Menos por humilhação do que por preguiça e vontade de poder, para usar o conceito daquele outro alemão que acabou maluco, e de quem também não vou citar o nome, para você ter um pouco de trabalho e dar mais audiência aos donos do Google (Gaa-Gaa). Na prática, o mundo ideal dos comunistas é um mundo em que os comunistas mandam e todo o resto obedece. Uma das ironias da distopia que essa merda se tornou é que o alemão fedorento era judeu, e sua ideologia serviu para que Stalin e Hitler perseguissem e matassem milhões de judeus poloneses e russos. A outra é que boa parte dos comunistas cansados de fazer blow job em capitalistas viu-se lambendo o saco de um bigodudo georgiano e de um chinês com gonorreia. Os que lamberam pouco acabaram com a língua de fora, enforcados ou fuzilados. Os que lamberam muito, também. Preguiça e vontade de poder: ou alguém se imagina comunista para ficar no chão da fábrica, na condição de pau-mandado? Todos querem ter os seus paus chupados, e não chupar nenhum.

O capitalismo, ao contrário do que creem os comunistas, é mais democrático na chupação. Mesmo os patrões têm de fazer blow job. Ora para pedir dinheiro emprestado aos banqueiros; ora para fechar contratos com governos corruptos em maior ou menor grau; ora para agradar aos seus empregados mais graduados, sem os quais eles não conseguiriam explorar a contento os menos graduados. Patrão que chupa funcionário — pode existir cena mais satisfatória para alguém como eu, cheio de ressentimento de classe? Mas elas são sempre muito rápidas. Chamam-se bônus anuais. Os patrões fazem cálculos de participação nos lucros sempre de modo a pagar menos do que os funcionários merecem, estes ficam contentes e ainda acreditam que são como sócios da companhia provedora. Os bônus anuais são um modo de os patrões fingirem que engolem, quando na verdade cospem.

Já que estou explicitando o blow job, por que não ir até o fim? Sou do tipo que finge que engole, para cuspir em palavras precisas, à la Schopenhauer, repito. Chamo judeu de judeu, patrão de patrão, comunista de comunista e empregado de empregado — para horror, neste último caso, dos espertalhões que trabalham com "recursos humanos". Existe expressão mais sem vergonha do que essa, "recursos humanos"? Eles chamam office boys e outros subalternos de "colaboradores", promovem cursinhos de atualização sobre aspectos desimportantes para dar a ilusão de que todo aquele blá-blá-blá ajuda a subir na vida e organizam bailinhos de fim de ano na firma. A pobralhada fica alegre, em mais uma demonstração de que o capitalismo é o melhor sistema já surgido na história. A esperteza capitalista foi adaptar os eufemismos totalitários que serviam para encobrir o assassinato de milhões de pessoas e engabelar com esse recurso linguístico uma quantidade ainda maior de idiotas. Sabe como os nazistas chamavam a deportação e o extermínio em massa de judeus e poloneses? De "reassentamentos". Sabe como os comunistas chamam roubo? De "expropriação". Clássicos dos recursos humanos. Esse pessoal de RH é tão diabólico que, vez por outra, sai-se com "almoços temáticos" nos bandejões das empresas. Para disfarçar a má qualidade da comida e fingir que valorizam os "colaboradores", enfeitam os refeitórios engordurados com os adereços correspondentes a efemérides folclóricas e distribuem uns brindes bem calóricos. Sei que vai parecer exagerado, mas esse tipo de calhordice me lembra os filmes de propaganda que os nazistas produziam para mostrar ao mundo como os judeus eram bem tratados nos campos de concentração. Nem Moisés viu judeus tão felizes como os dos filmes nazistas.

Como cuspo, não vou dizer que era um "despossuído". Eu era pobre, mesmo, não muito, mas pobre. E vi minha mãe, depois que meu pai caiu fora da nossa bosta de família, ser obrigada a vender enciclopédias de porta em porta, para me sustentar. Ela saía de casa com quilos de exemplares e folhetos numa maleta. No início, voltava com aquela tralha toda, e de cara amarrada; alguns meses mais tarde, começou a chegar em casa com menos peso e um sorriso. A comida melhorou, e ela passou a me dar dinheiro para comprar picolé na esquina. Não demorou para que eu soubesse a razão da prosperidade: blow job. Ela era agora amante do melhor vendedor de enciclopédias da empresa, que lhe repassava vendas em troca de chupadas e tudo mais. Minha mãe era uma puta coitada. E também à procura de um amor, como todas elas, inclusive as profissionais.

A esta altura, você deve pensar que sou um pornógrafo, um misógino ou até mesmo um racista. Insisto que sou apenas um escritor que procura ser exato nas palavras e definições, apesar de não pensar tanto assim antes de escrever ou enquanto escrevo. Trabalho é blow job. Ponto. Pensei um pouco antes de chegar a essa conclusão, admito. Também li algo a respeito. A lorota de que se trata de algo dignificante é um prosseguimento brutalmente lógico da ética protestante que nos colocou a todos no inferno: católicos, judeus, budistas, xintoístas, animistas, o diabo a quatro. Arbeit macht frei. Se você pensar bem, a inscrição no portão de Auschwitz, a maior sacanagem de todos os tempos, resume os dislates filosóficos do século passado — que, depois de produzir revoluções e execuções de inimigos e inocentes paspalhões, metamorfoseou-se, dentro das torres de vidro e concreto das grandes corporações, em políticas de recursos humanos de caráter conformista. São orquestradas por pessoas tão simpáticas, dedicadas à atividade e atentas à manutenção de um bom "clima" nas respectivas empresas em que dão expediente, que elas são capazes de nos esfaquear pelas costas, frente e laterais, sem desmanchar o sorriso. Profissionais exemplares: você pode estar sangrando como César no Senado que ainda se sente devedor dessa gente.

4

Minhas concepções de trabalho, literatura, esquerdismo são ainda menos originais do que parecem. Devo boa parte delas não só a leituras, mas a um amigo de anos atrás. Conheci-o quando eu ainda morava no país em que nasci. De família rica, dona de fazendas enormes, produtoras de grãos exportáveis, Saulo passava parte dos seus dias fingindo que trabalhava (Gaa-Gaa), como boa parte dos herdeiros entre os quais crescera. A diferença é que Saulo não se enganava a respeito disso. "Depois que meu pai se retirou, quem toca os negócios é meu irmão mais velho. Mas sou obrigado a passar pelo menos algumas horas por dia no escritório, para justificar minha mesada", confidenciou-me, depois que as primeiras conversas entre nós revelaram afinidades. Na juventude, Saulo havia cursado a faculdade de direito e, em seguida, passado quatro anos na Europa. "Bebendo e fornicando, não necessariamente nessa ordem e, às vezes, ao mesmo tempo", dizia.

Eu o encontrei no jantar de aniversário de um arquiteto, e fiquei impressionado com a forma — simples no argumento e desapaixonado no tom — com que ele havia desmontado, em três ocasiões naquela noite, verdades estabelecidas pelo senso comum. A primeira foi à mesa.

— Por isso, a fotografia é minha arte preferida — disse alguém, em meio à conversa a respeito de uma exposição recém-aberta na cidade.

— Fotografia não é arte — retrucou Saulo, sem levantar os olhos do prato.

O tilintar de copos e garfos cessou.

— Como assim? — perguntou o interlocutor, expressando a perplexidade dos demais.

— Arte exige cem por cento de elaboração. Ninguém pinta uma bela tela, escreve um belo livro, executa uma bela escultura ou compõe uma bela sinfonia por acaso. Mas é possível fazer uma bela fotografia sem querer. Como nada que pode ser bem-feito por acaso é arte, fotografia não é arte — respondeu Saulo, servindo-se de mais salada.

Depois do jantar, em uma das rodas que se formaram na sala de visitas, eu assisti ao fuzilamento no paredón da lógica de um professor de história que elogiava o que julgava ser as façanhas de um ditador caribenho marxista-leninista.

— Você tem filhos? — perguntou Saulo, aparentemente mudando de assunto.

— Sim, dois adolescentes: uma menina de dezessete e um menino de quinze — respondeu o professor, sem entender o aparte.

— Dois filhos. Você os apoiaria se eles decidissem morar no país governado por esse senhor? — continuou Saulo.

— Acho que seria uma experiência muito valiosa — ele ouviu como réplica.

— Não falo em experiência temporária. Você acharia bom que seus filhos escolhessem habitar definitivamente um país de economia falida, que não lhes proporcionasse a liberdade de ler o que quisessem, de assistir ao que quisessem, de votar em quem quisessem, de viajar para onde quisessem, de expressar o que quisessem, de tocar o negócio que quisessem?

O professor emudeceu, antes de receber o tiro de misericórdia.

— Não pode ser bom um país em que você não gostaria que seus filhos morassem para sempre.

— A História se encarregará de provar que você está errado — protestou uma veterana da antropologia.

Saulo esvaziou o cálice de licor, antes de responder.

— Esse seu colar de penas... É da Amazônia? — perguntou ele.

— É.

— De que região, exatamente?

— Do Alto Solimões (região remota do meu remoto país natal). É uma peça ritualística de uma tribo quase inteiramente dizimada por brancos como você. Não adianta tentar me ridicularizar, demonstrando um interesse cínico — disse a antropóloga.

— Há um engano aí, minha senhora. Não a estou ridicularizando por causa de seu colar. Só queria chamar a atenção para uma coincidência. E ela é a seguinte: brancos como eu não acreditam em predestinação, ao contrário de brancos como você, que pronunciam a palavra "história" com "h" maiúsculo, e dos índios do Alto Solimões, que, em sua cultura ágrafa, muito provavelmente enxergam-se como o povo eleito de uma divindade qualquer. Motivo pelo qual, em passado nem tão distante, eles massacraram índios de outras tribos, que queriam roubar-lhes o título de povo eleito. Tal é o problema, minha senhora: a predestinação. Esse conceito nascido das sombras da religião, ao ser transportado para a filosofia e a política, resultou nos regimes mais cruentos da história; história que, na boca de brancos como eu, é sempre dita e grafada com "h" minúsculo. Porque história com "h" maiúsculo, minha senhora, é somente a forma laica para a qual foram traduzidas abstrações como Jeová, Cristo, Alá ou Tupã. Depois de ser incorporada por etnias, multidões que compartilhavam o mesmo credo e nacionalidades, essa fábula da predestinação caiu do céu e foi colocada sobre os ombros de uma classe social: o proletariado. A classe redentora que transformaria o mundo e... Bom, o blá-blá-blá marxista é mais do que conhecido entre os presentes. Mas, repare, não há diferença de base entre os vários discursos da predestinação, sejam eles o judaico, o islâmico, o cristão, o nazista, o fascista, o colonialista, o imperialista e o comunista. Todos têm como ponto de partida um conjunto de indivíduos mais ou menos extenso, conforme circunstâncias exógenas e características endógenas. Cada grupo julga-se superior aos demais, porque portador de uma Verdade (Verdade com "v" maiúsculo, é claro) étnica, religiosa, nacional ou classista. A consequência óbvia é que, como tal, sente-se no direito de preponderar sobre as parcelas que representariam sua oposição. O curioso é que, dentre esses predestinados, há sempre aqueles que são mais predestinados do que os outros, o que faz com que o totalitarismo inerente a esses sistemas se apoie numa casta dirigente autoritária. Não foram brancos como eu, portanto, que quase dizimaram a tribo que produziu esse colar de penas que enfeita seu pescoço. Mas brancos como a senhora, que também acreditavam na história com "h" maiúsculo. Ou seja, na sua própria superioridade. Os índios usam colares de penas ritualísticos? Pois vocês usam colares ideológicos: invisíveis, mas nem por isso menos palpáveis, primitivos e utilizáveis contra a "tribo inimiga". Tribo da qual pareço ser um integrante bastante detestável, a julgar pelo seu olhar inquisitorial.

Por fim, Saulo despejou mais de seu ceticismo num grupo que comentava como os ricos eram deploráveis em sua frivolidade e seu egoísmo.

— São mesmo, concordo, e não importa se herdeiros de clãs centenários ou de fortuna recente. Eu, por exemplo, como herdeiro de vários milhões de velha estirpe, considero-me um ser humano execrável... Não, não sorriam: a autodepreciação é autêntica. No entanto, chamo a atenção para o fato de que, ao contrário do que vocês imaginam, os pobres não diferem dos ricos: apenas não tiveram toda a chance de mostrar o quão frívolos e egoístas eles são. Deem-lhes dinheiro e vocês verão a metamorfose. Não, a culpa não é da riqueza, porque a fortuna não corrompe: revela. Ela propicia a que os homens se apresentem em sua inteireza, a que deem maior vazão à sua monstruosidade interior. Somos uma praga, senhoras e senhores — uma praga moral. É o oposto do que escreveu aquele suíço que abandonou os cinco filhos num orfanato, Jean-Jacques Rousseau. O "bom selvagem", nascedouro de todas as ideologias de esquerda e que hoje anima o serviço social, nunca existiu. Nós não nascemos bons e fomos deformados pela sociedade; a corrupção é nossa essência e só precisa de uma oportunidade para manifestar-se, não importa o sistema econômico e político. Oportunidade que buscamos a todo momento, porque temos necessidade de corromper e de sermos corrompidos. As exceções individuais? Anomalias genéticas, decerto.

A amizade com Saulo começou a ser desenhada logo depois desse jantar. Sedimentou-se com uma frase que me encheu de orgulho: "Com você, sinto-me um arqueólogo escavando um terreno difícil, mas promissor."

Ele errou em relação a mim. Mas também me decepcionou, embora eu não esperasse outra coisa dele. Às vezes, as pessoas nos decepcionam exatamente porque agem como sabemos que farão.

As leituras de Saulo eram amplas. Numa mesma semana, ele podia ir das guerras da Antiguidade à física quântica, dos Founding Fathers da América à hagiografia. Aos amigos, repassava sua cultura como quem oferece um bom vinho, sem exibir-se sobre as características da bebida versada na taça, como fazem os novos-ricos. Por exemplo, no início de nossa amizade, comentei a notícia de que muitos americanos haviam deixado de comprar uma determinada marca de tênis, depois de ser divulgado que o fabricante usava crianças asiáticas para fazer os calçados. Fui chocantemente correto, confesso.

— Há um lado ruim nessa história: como vivem num lugar miserável, as crianças perderão seus empregos e, provavelmente, passarão ainda mais necessidades com isso num primeiro momento. Mas, de uma perspectiva mais abrangente, é uma boa coisa. O foco internacional iluminou o problema, as grandes empresas deixarão de contratar mão de obra infantil (uma ignomínia que não pode ser ignorada, apesar de seus efeitos paliativos) e os governos desses países serão pressionados, e ajudados, a alimentar e educar esses meninos e meninas. Um tipo de movimento que só é possível graças à globalização. Essa novidade histórica, tão criticada por homogeneizar o planeta, tem contrapartidas positivas. Você não acha, Saulo?

— Você está enganado em um ponto: boicotes como esse não surgiram no mundo contemporâneo. O primeiro data do final do século XVIII (mais precisamente, de 1792, se não me falha a memória), quando consumidores ingleses iniciaram um movimento contra o consumo de açúcar branco, o principal item de exportação da Companhia das Índias Ocidentais. Eles criaram até mesmo uma Sociedade Antissacarina. Por quê? Porque o açúcar era produzido por escravos africanos. Para sensibilizar as pessoas, eles usavam armas de propaganda semelhantes às atuais: estatísticas sobre a altíssima mortandade de escravos nas plantações, além de textos poéticos ilustrados que descreviam o tratamento de bestas-feras dispensado aos negros. Primeiro nos navios que os transportavam da África à América; depois nas fazendas em que trabalhavam até morrer precocemente. Por causa do boicote, em pouco mais de uma década, 300.000 ingleses deixaram de usar açúcar, uma cifra bastante expressiva se comparada à população do país naquele período. Shelley, o poeta, estava entre esses abstêmios conscientes, assim como o rei Jorge III, segundo relatos históricos que ainda precisam ser confirmados. O hábito de adoçar o chá com mel ganhou força nesse instante.

Saulo e eu: uma amizade tão bonita quanto curta.

5

Eu havia acabado de servir uma grappa a Saulo, depois de jantarmos num restaurante perto da casa em que morava no meu país de nascimento. Ele deu uma talagada e me fez uma pergunta embaraçosa.

— Você me acha um inútil?

— Um inútil?

— Sim, um inútil.

— Não...

— Você hesitou, seja sincero.

— Estou sendo, Saulo.

— Então, você me acha um sujeito útil.

— ...

— Você me acha um inútil.

— Que história é essa de inútil ou útil?

— Meu irmão me disse que sou um inútil quando lhe pedi um aumento de mesada. Mas minha irmã me defendeu: disse que eu era muito inteligente.

— Eu também acho você muito inteligente, se isso o tranquiliza. Mas você deveria falar "salário" em vez de "mesada". A sua sinceridade, nesse caso, só o prejudica.

— Mesada, salário, não é esse o ponto. Você não acha curioso?

— O quê?

— Meu irmão me acusou de ser um inútil e minha irmã me defendeu dizendo que eu era muito inteligente.

— Sua irmã só quis defendê-lo e, no calor da discussão, reafirmou uma de suas maiores qualidades: ser inteligente.

— Minha inteligência não serve para construir máquinas, tocar negócios, fazer descobertas científicas, dar golpes financeiros, nada. E também não tenho inteligência suficiente para exibicionismos mnemônicos que...

— Exibicionismos mnemônicos?

— Sim, exibicionismos mnemônicos, excelente ferramenta social. Kant, por exemplo, impressionava não apenas pela filosofia, mas porque sabia descrever minuciosamente diversas partes da Europa, embora nunca tivesse ultrapassado os limites da vizinhança de sua Könisgberg natal. Recorria aos manuais de geografia em vez de viajar. Mozart era outro exibicionista mnemônico: reproduzia integralmente composições ouvidas uma única vez. Quer um exemplo mais atual? Truman Capote era capaz de repetir tim-tim por tim-tim contos e artigos lidos em voz alta minutos antes. Noventa e quatro por cento das palavras, pelas contas dele.

— Essas citações são exibicionismos mnemônicos seus, Saulo.

— Insuficientes, por si só não valem nada. Eu ia completar, antes de ser interrompido, que os exibicionismos mnemônicos funcionam como moldura. Realçam uma obra digna de nota, está entendendo? Pois não tenho obra digna de nota, nem moldura. Sou realmente inútil, não tenho ilusões. No entanto, sabe qual foi a reação do meu irmão ao ouvir de minha irmã que eu era muito inteligente? Ficou furioso. "Vocês sempre valorizaram mais o Saulo", gritou. Esse é o dado intrigante: meu irmão multiplicou o patrimônio da família, é um dos maiores empresários do país, mas se sente inferior a mim, que não faço nada, a não ser demonstrar uma inteligência inútil.

— Tudo bem, digamos que você seja um inútil. Ou melhor, que sua inteligência seja inútil do ponto de vista do seu irmão e das pessoas que pensam como ele. Mas esse, contudo, não é o único ponto de vista. Do meu, por exemplo, e pelo que transparece da fala de sua irmã, sua inteligência é muito útil. De uma utilidade existencial. Ela foi fundamental para que nos tornássemos amigos, o que para mim é um bom uso de suas faculdades intelectuais. Sua inteligência, argúcia, ou qualquer que seja o nome que se dê a isso, Saulo, o torna diferente da maioria das pessoas. Ainda que você não faça nada com ela, ainda que você não descubra nada, não se torne notável pela consecução de nada concreto... o que importa? Será sempre (ou quase sempre, vá lá) um prazer conversar com você, estar ao seu lado, ouvir suas opiniões ou mesmo as bobagens que você diz. Bobagens que, se houvesse uma maneira objetiva de aferir a qualidade, estão bem acima das asneiras que noventa e nove por cento das pessoas proferem todos os dias, acreditando-se muito espertas. Como essa bobagem, agora, de que sua inteligência é inútil. Se você vivesse na Antiguidade, seria admirado pelo simples motivo de ser inteligente, ter opinião, uma visão diferente do mundo. Sua inteligência seria, ela própria, uma obra de arte.

— Obra de arte?

— Está bem, exagerei, mas você entendeu o que quis dizer. Você é o que os franceses chamam de artiste manqué.

— Obra de arte, interessante você ter falado nisso... Porque, para exasperar meu irmão, resolvi fazer uso da minha inteligência inútil.

— Que uso?

— Pretendo construir um arremedo de obra digna de nota. Vou escrever um livro e, com sorte e alguma influência, isso marcará o início de uma carreira. Não que tenha descoberto uma vocação literária, pelo menos no sentido mais puro da expressão. É que, como a literatura é cada vez mais inútil, não existe terreno mais apropriado para exercer a minha invencível inutilidade.

— A literatura não é tão inútil assim. Pelo menos, existe uma indústria que sobrevive dela (eu era positivo na ocasião).

— Deixe eu explicar meu ponto de vista: a literatura é cada vez mais inútil como forma de transmissão de conhecimento. Qualquer conhecimento. Quem hoje precisa da literatura para conhecer o mundo? Quem hoje precisa da literatura para conhecer a si próprio? Aliás, quem atualmente quer conhecer a si próprio? As pessoas querem é esquecer-se. O fato é que a literatura tornou-se supérflua. Sobrevive do entretenimento. Virou uma grande Disneyworld, meu amigo. O dado paradoxal é que ela conseguiu conservar um valor social peculiar num país de ignorantes como o nosso. Continua a ser sinônimo de inteligência — inútil, mas inteligência —, ainda que qualquer idiota sinta-se capaz de escrever um livro. E como há idiotas que escrevem! Os tipos mais comuns hoje em dia são dois: os do gênero "maldito", que encadeiam gírias e palavrões em narrativas destrambelhadas, como se isso fosse estilo, e não desconhecimento da existência de mais de duas mil palavras. E os do gênero "intimista": gente que, no mais das vezes por sugestão do terapeuta, resolve escrever continhos com reminiscências familiares relevantes para eles próprios e insignificantes para o resto do mundo. Todos, é claro, sentem um frisson quando são anunciados como escritores às plateias de desocupados que se reúnem para ouvi-los. Você já foi a um encontro literário? É claro que foi, o que estou perguntando? Eu também já fui. Compareci a um na semana passada, a fim de mapear o terreno. Nada pode ser mais patético. Nada vezes nada, e ainda assim você precisa ver como os idiotas se sentem felizes e superiores. Ah, sim, há também um terceiro tipo de escritor: o esquerdista regionalista. Esses são os maiores ganhadores de prêmios literários, apesar de seus livros serem recheados de clichês de toda sorte. Isso porque os jurados, em nosso país, são sempre de esquerda.

— E todos os políticos, todos os professores. Até os empresários são de esquerda por aqui...

— Uma ópera-bufa. Esses escritores esquerdistas regionalistas têm o Norte atrasado deste país como norte, mas gostam de viver mesmo é no nosso Sul, mais adiantado. Os esquerdistas regionalistas da literatura constituem o caso mais persistente de exploração da pobreza de que se tem notícia. Idealizam-na para perpetuá-la.

— Regionalistas esquerdistas, eu só lia obrigado.

— Atenção para a sutileza: não são regionalistas esquerdistas, e sim esquerdistas regionalistas. A ordem, aqui, altera o resultado. Os autores regionalistas, os primeiros, aqueles que deram oportunidade a toda a patacoada, eram de esquerda, rezavam pelo catecismo dos comunas, mas queriam sobretudo revelar os cafundós de onde vieram. Mostrar que os grotões podiam ter um valor mais universal. Essa vontade vinha antes da ideologia. Já os esquerdistas regionalistas usam os cafundós apenas como pretexto para seu proselitismo; e, claro, para ganhar prêmios literários conferidos por gente igual a eles. Por isso é que soam tão falsos e edulcorados. O sertão, a floresta, o pantanal, qualquer merda dessas, é cenário virtual nas mãos dessa gente.

— Você leu esses caras?

— O suficiente para me inteirar do terreno onde vou pisar. Mas não quero bancar o crítico, meu olhar é, digamos assim, antropológico. Sinônimo de inteligência, eu ia dizendo, a literatura... É por isso que meu irmão ficará ainda mais irritado com o fato de eu me tornar um escritor: minha inutilidade ganhará uma substância que lhe será insuportável, visto que ele não poderá mais gozar de sua Schadenfreude em relação a mim.

— Schadenfreude.

— É uma expressão alemã. Significa o prazer que se sente com o fracasso alheio.

— Eu sei o que é Schadenfreude.

— Pois então: meu irmão só não usufrui de sua Schadenfreude quando alguém diz que sou inteligente.

— Saulo, ninguém se torna escritor somente para irritar o irmão. Que tipo de idiota você é?

— Bem, irritar meu irmão é razão suficiente para mim. Pode haver motivos mais profundos, admito, mas não sou nenhuma exceção: como eu disse, as pessoas hoje em dia querem esquecer-se. Sou um idiota desse tipo. Ao esvaziar a Schadenfreude do meu irmão, e assim alimentar a sua irritação... Irritação, não, vamos chamar pelo nome verdadeiro: ódio. Ao alimentar o seu ódio por mim, eu prestarei um grande favor a meu irmão. Vou lhe contar uma história e você vai entender: conheci um homem cujo pai o humilhava desde a infância. Humilhações físicas e morais. Por isso, ele o odiava com cada célula do seu corpo. Sua mãe, pelo contrário, era extremamente terna, amorosa, e tentava compensar os horrores paternos, desdobrando-se em carinhos e atenção ao filho. Pois bem, quando ela morreu, esse homem não conseguiu derramar nem uma lágrima sequer, o que lhe pareceu muito estranho. Poucos anos depois, seu pai terrível morreu, e ele foi acometido por uma crise de choro durante o velório e o enterro, como se houvesse perdido um pai amantíssimo. Não parece estranho?

— ...

— Mas não é: o ódio pelo pai era o sentido que o movia desde criança. A todo momento, ele fizera questão de marcar a sua diferença em relação à figura paterna. Ao perder o antípoda, a sua vida esvaziou-se de significado. Daí o choro por ocasião de sua morte. Ora, com o meu irmão ocorre o mesmo: ele construiu-se, interna e externamente, alicerçado no seu ódio por mim. Presto-lhe, portanto, um grande favor ao cultivá-lo.

— Saulo, você acha que me engana?

— Como assim?

— Você não conheceu homem nenhum que chorou pelo pai que odiava. Essa história está no filme *Conspiração*, a que assistimos juntos. Foi a maneira que um integrante da máquina burocrática de Hitler encontrou para advertir o nazista da SS que arquitetou a "solução final". Ele disse que se abriria um grande vácuo no Reich depois que os judeus fossem exterminados, já que o massacre do "inimigo" se transformara na razão de ser dos nazistas.

— Detalhe insignificante que não tira o valor da história. É que ela é tão vívida que... Não me encha o saco.

— Eu encheria o seu saco se insistisse na ideia de que o seu ódio pelo seu irmão é igualmente grande a ponto de constituir um sentido para a sua própria vida.

— Pense o quiser: continuarei a ser um idiota que quer esquecer-se.

— Muito bem, você escreverá um livro e, desse modo, entrará para o clube dos inúteis que não se sentem inúteis. Ficção, imagino.

— Ficção baseada em fatos reais.

— Fatos reais.

— ...

— ...

— A sua vida.

— ...

— Por que a cara de espanto?

— Isso é ridículo. Minha vida não dá um livro.

— Como não? Seu drama familiar...

— Você não tem o direito, Saulo.

— Não se preocupe, só usarei sua história em linhas gerais, como argumento.

— Você não tem o direito, repito.

— Ninguém o reconhecerá no meu livro, juro.

— Vá tomar no cu, Saulo, deixe de brincadeira. Você não vai escrever livro nenhum.

— Deixe você de bobagem. A sua história serve apenas porque é de uma banalidade estrepitosa. Você está longe de ser uma Sibylle Lacan, convenhamos.

— ...

— A filha de Lacan, Jacques, o psicanalista francês. Você sabe do que estou falando, não?

— Claro, todo mundo sabe, a filha de Lacan... (não quis demonstrar minha ignorância).

— Ao contrário da história dela, contudo, a sua é banal. Banal, sim, não se ofenda. E é por isso que eu a acho adequada para meus propósitos. Vamos lá: homem cujo pai foi ausente e não se livra do fantasma da mãe leva uma vida solitária, sem conseguir estabelecer um compromisso formal com a mulher que está a seu lado. Ele acredita manter a liberdade do homem solteiro, mas na verdade está aprisionado num amor narcisista, de fidelidade absoluta a essa mãe que não consegue superar.

— Apesar de toda a banalidade, não me parece uma história apropriada para a sua Disneyworld literária.

— Ah, é porque você não imagina com que leveza tratarei do assunto. Quero que o leitor se divirta com o enredo e que saia dele com a impressão de que aprendeu alguma coisa — sobre o mundo e sobre si próprio. Nada além disso. Aí está a chave dessa Disneyworld, meu amigo: ser uma catarse inofensiva, que ajude a pessoa a esquecer-se, mesmo que pareça o contrário. Aliás, porque parece o contrário é que é eficiente.

— E você tem um final? O meu final?

— Não, mas será folhetinesco.

— Você quer dizer apelativo.

— Vendedor.

— E eu sou a mercadoria.

— Não importa. Será uma ficção, lembra-se?

Não sei dizer se a tipologia de escritores de Saulo, restrita em certos aspectos geográficos, foi calcada na de Schopenhauer. Mas, quando li o alemão, lembrei-me da conversa.

Saulo e Sibylle Lacan: talvez volte a falar neles, se este trabalho para a revista literária (Gaa-Gaa) for estendido e se transformar em romance.

6

Eu disse que me chamava Marco Levi, mas é mentira. Desisti de tentar me passar por judeu. Por que só eles podem referir-se a si próprios como tal? Me recuso a trancafiar as palavras num Lager e esperar que morram à míngua. Elas são o que são, refiram-se a vítimas ou a carrascos, e as acepções que adquiriram em séculos, positivas ou negativas, não podem ser canceladas com o silêncio, têm de conviver com o significado original. Do contrário, precisaríamos deixar de chamar alemão de alemão, turco de turco e japonês de japonês. Também pode soar ofensivo a um alemão, a um turco e a um japonês serem designados por sua nacionalidade em determinadas circunstâncias, e eu acho que não preciso dar essa lição de história moderna por trezentos dólares.

Como não há garantia de que você chegue ao parágrafo final deste trabalho baratinho, mas de remuneração justa, embaixo do qual devem colocar um rodapé biográfico para que eu acredite que a citação dos títulos dos meus outros livros, todos assinados sob pseudônimos, me ajudará a vendê-los, vou revelar meu nome real, para que você ache que vale a pena continuar: Ranuccio Tomassini. Por que meu pai me batizou com um ridículo Ranuccio, cinco anos antes de sumir? Por que era um entusiasta da pintura de Caravaggio, explicou minha mãe. Achava que o pintor havia atingido o auge de sua arte depois de matar o tal Ranuccio e ser condenado à morte. Caravaggio fugiu para o sul da Itália, onde pintou aquela que meu pai considerava a sua obra-prima: *David que segura a cabeça de Golias*. O artista retratou-se no rosto do gigante filisteu de uma forma pungente. Eis um sentido para a morte de Ranuccio, o original.

Imagino que meu pai apreciava mais o fato de Caravaggio não gostar de trabalhar do que sua arte — embora conste que o artista fizesse blow jobs stricto sensu. Pintava dois, três quadros em seguida, para ganhar boas somas de seus mecenas e, depois, permanecer meses na farra, jogando, bebendo, trepando e brigando. Voltava a pintar quando o dinheiro terminava. Era um lombardo com alma romana.

Moro em Roma. Não só porque desde sempre aqui me sinto em casa — razões de sangue ajudam a explicar: meus avós paternos nasceram no bairro de San Lorenzo —, mas porque não existe outro lugar em que as pessoas tenham tanta consciência de que trabalho é felação contínua e monótona. Mais, bem mais do que os outros europeus, romanos odeiam trabalhar. Por razões atávicas, creio eu. Quase todos descendem de escravos do antigo império. Dois mil anos de blow jobs em generais, tiranos, senadores e imperadores deram-lhes um inefável senso da realidade. É de dar orgulho o mau humor com que eles dão expediente. Balconistas, motoristas, bilheteiros de museus, policiais, professores — todos exibem um enfado libertador. *Il lavoro macht frei un cavolo.*

A tentação de me mudar para cá me rondava havia muito, em especial depois de jantar em Testaccio, bairro que se debruça sobre um dos antigos portos romanos no Tibre, com uma amiga arquiteta, professora na Universidade La Sapienza. Notei seu semblante abatido, e ela disse que sua fadiga se devia ao dia de trabalho intenso: "Imagine você que tive de escrever duas cartas!" Quando se está em Roma, soa desumano que alguém seja obrigado a escrever duas cartas no mesmo dia. Duas! E parece razoável que um autor leve quatro meses para escrever uma joça como esta aqui, ou cinco anos para escrever um terço de um romance planejado para ter duzentas páginas. Virei romano. Duas vezes por semana, depois de correr de manhã cedo em Villa Borghese, paro em meu café preferido de Via Veneto, quando ainda não há turistas para estragar o panorama, e faço uma expressão extenuada ao ser perguntado por Domenico, o barista, como vai meu trabalho. "Ah, você não sabe as dificuldades enfrentadas por um escritor..." é uma das minhas respostas recorrentes. E Domenico, compungido, servindo o café como se carregasse as pedras do

Coliseu, solta uma blasfêmia para me apaziguar: "Dio cane!", "Porca Madonna!". Ele também gosta de mostrar o seu lado anticlerical ao recusar-se a atender sacerdotes, bispos ou cardeais. "Ma nemmeno il papa", diz ele. O dono do bar respeita sua atitude como objeção de consciência. Compreensível. O Deus judeu tem setenta e dois nomes sagrados. Em Roma, calculo que o Deus católico seja chamado por uma centena de palavrões. Compreensível. Aqui, Ele não vale mais do que um tiramisù no meu café de Via Veneto. Sextas à noite, Seus representantes passeiam como casaizinhos, de mãos dadas, pela região de Campo dei Fiori. Magotes de padrecos podem ser vistos se beijando e fazendo blow job atrás do Palácio Farnese, próximo à Galleria Spada (Spadaa, Gaa-Gaa). Os heterossexuais de batina, por seu turno, jogam cantadas para cima das mulheres que frequentam bares localizados na região de Ottaviano, nas imediações do Vaticano. Chupar o papa ou ser chupado por cardeais, tudo bem, é para isso que eles são pagos. Mas esses outros blow jobs que contrariam o celibato parecem os trabalhos sujos dos sujeitos que comeram minhas ex. Assim dá para descrer em Deus. Assim dá para imprecar contra Ele e sua Mãe. Assim dá para desprezar a Igreja. Assim dá para considerar Domenico, o barista, o Savonarola do café expresso.

Roma sobreviveu à decadência do império, aos saques dos vândalos e dos espanhóis, para transformarse em capital dos estados pontifícios e, em seguida, da Itália. Uma cidade que, há mais de quatrocentos anos, com os breves interregnos da Primeira e Segunda Guerras, vem usufruindo como nenhuma outra da Europa das benesses provenientes da pacificação da porção ocidental do continente. Usufruir quer dizer atrair dinheiro sem precisar fazer nada — a não ser permanecer uma mulher bonita. Com a valorização do passado, iniciada com o Renascimento, os romanos descobriram que, de fato, não precisavam construir nada de relevante (não que isso os houvesse preocupado muito antes). Bastava manter as ruínas como ruínas. Esse é o único trabalho que eles fazem. Um trabalho que serve para que continuem não trabalhando. As ruínas começaram atraindo poetas e pintores, depois arqueólogos, e hoje estão no foco das câmeras digitais baratas de milhões de turistas que, em sua maioria, não fazem a menor ideia de onde estão. Mas que deixam nos cofres municipais alguns bilhões de dólares por ano, contentando-se com hotéis sujos, pastasciutta da pior qualidade, molhos azedos, pizzas indigeríveis, vinho barato e quinquilharias entre as mais escabrosas no mercado mundial de suvenires. No Vaticano, vendem-se até enfeites com bonequinhos do Tom & Jerry — e os vendedores garantem aos compradores que o gato e o rato do desenho animado, dentro daquelas bolas de vidro com flocos de neve de isopor, foram benzidos pelo papa. Quando são maltratados por garçons e balconistas, os turistas adoram, por achar típico. Rezam a Tom & Jerry para serem xingados, escorchados, debochados e, assim, terem essa experiência formidável para contar em casa.

A manutenção das ruínas conta com a subvenção de outros países ricos e é feita com uma vagarosidade tropical, a pretexto de que é preciso tomar extremo cuidado para amalgamar tijolos. Os americanos construíram o Empire State Building em dezesseis meses. Xangai ergue arranha-céus de meio quilômetro de altura como quem planta maria-sem-vergonha. Pois os romanos demoram dez anos ou mais para restaurar trinta metros de um muro antigo — e a tarefa segue nesse ritmo. Como eles cercam tudo de andaimes intrincados, cheios de cartazes com dizeres técnicos, todo mundo os reverencia pelo esmero com o que fazem. Manter a cidade em ruínas é bem mais fácil e proveitoso do que construir uma moderna. O EUR, bairro que Mussolini mandou erguer na década de 30, para a exposição universal, é visto como uma excrescência que, se possível, os romanos mandariam derrubar e arar o terreno com sal, assim como fizeram com Cartago. Não porque seja feio, mas porque os pôs para trabalhar de verdade.

Stendhal, que adorava Roma pelas razões certas com a mesma intensidade que admirava Napoleão tanto pelos motivos corretos como pelos errados, narra um episódio engraçado e revelador:

Há alguns dias, um inglês chegou a Roma com seus cavalos, transportados até aqui da Inglaterra. Não quis um cicerone e, apesar dos vigias, entrou a cavalo no Coliseu. Ali viu uma centena de operários que trabalhavam continuamente para consolidar um pedaço de muro que caiu por causa das últimas chuvas. O inglês observou-os enquanto realizavam a tarefa e, à noite, comentou conosco: "Oh, o Coliseu é a coisa mais bonita que vi em Roma! Gosto desse edifício; quando ficar pronto será magnífico." Acreditava que aquela centena de homens estava construindo o Coliseu.

Estabeleci-me nas imediações do Teatro di Marcello, onde ficava o antigo gueto judeu. A minha casa data do século XIV, e tem na sua fachada o relevo da cabeça de um cavalo, retirado do Teatro vizinho por quem a construiu há seis séculos. Ela é espaçosa e decorada com móveis Cassina, comprados por mim com a ajuda daquela minha amiga arquiteta do jantar em Testaccio, que contrastam com as traves medievais do teto. Meu escritório dá para um jardim interno que exala o perfume de velhos limoeiros e pés de manjericão. Vivo sozinho. Ou melhor, na companhia meio-período de uma empregada etíope e uma cozinheira pugliese, para as quais pago ótimos salários — da perspectiva de um patrão, é claro, mas não acho que elas reclamem em demasiado às minhas costas. Talvez a pugliese, um pouco mais. Como escrevo poucas linhas por dia, passo a maior parte da tarde dormindo no escritório, no sofá de couro destinado a visitas que nunca haverá. Amasso bem uma das almofadas, e deito para o lado do jardim, até que a sua visão se desvaneça em sonhos sempre esquecidos. Durmo pensando que jamais tive uma família, nem quando criança, nem depois, e como seria bom se eu tivesse. Mas não me lembro de sonhar com esse desejo. Talvez o esquecimento dos sonhos signifique que o desejo não é tão forte assim, sei lá.

À noite, duas vezes por semana, saio para jantar na trattoria que fica a dois quarteirões da minha casa, em direção ao Tibre, e volto para casa depois de uma breve caminhada pelo Lungotevere. No resto das noites, faço uma refeição leve em casa, dou um tempo para que os turistas voltem para seus hotéis e saio para passeios mais longos, na direção oposta, que podem chegar à Piazza del Popolo e serem ainda mais estendidos quando sigo pela Via del Babuino, subo as escadarias da Piazza di Spagna e desço a Via del Tritone, até chegar ao Corso e, então, ao Campidoglio, a dois passos de casa. Nos fins de semana, faço excursões pelo Lazio, pela Toscana e pela Umbria, para visitar tumbas etruscas ou flanar por praças medievais. No inverno, tiro uma semana para esquiar em Cortina D'Ampezzo. Niente male.

O antigo gueto de Roma permanece um lugar tranquilo, embora ao lado de atrações populares. Suas ruas abrigam um comércio local, composto, basicamente, por pequenos armazéns, farmácias e restaurantes moderninhos de comida kosher. Certas casas trazem, em suas fachadas, pedaços do Teatro di Marcello, que, como tantas outras construções magníficas da cidade, está fora do roteiro dos pacotes turísticos. O meu bairro foi o segundo gueto a surgir na Europa, com essa denominação, quarenta anos depois do de Veneza. A palavra italiana "gueto" vem do veneziano "geto", derivação do verbo "gettare", ou "lançar". Assim era chamada em Veneza a área onde havia uma fundição de cobre em cujas fornalhas o metal era lançado. Depois de uma série de incêndios, a fundição foi transferida para fora da cidade — e, em 1516, criou-se ali um pequeno território para confinar judeus expulsos de outras partes da Europa. Como os originários da Alemanha pronunciavam "gheto", em vez de "geto", eis que o bairro passou a ser denominado como tal — e a língua italiana ganhou o vocábulo "ghetto". Ao crepúsculo, sua população era obrigada a recolher-se lá, trancada por portas que eram abertas ao amanhecer. Apesar de todas as restrições impostas aos judeus, o primeiro gueto foi uma demonstração de tolerância da Serenissima Repubblica di Venezia. Em seus domínios, nossa gente podia, ao menos, viver. O modelo, então, começou a ser replicado com adaptações mais ou menos perversas, conforme as circunstâncias. Quatro décadas mais tarde, o papa Paulo IV resolveu adotar a ideia com força inquisitorial. Cancelou os direitos dos judeus romanos, tomou-lhes os bens e os reuniu todos na parte da cidade conhecida como "harém dos judeus", o gueto, onde já vivia boa parte do pessoal das doze tribos. O papa também ordenou que os judeus portassem um distintivo verde, para que pudessem ser identificados. Nos homens, esse distintivo era uma boina. Nas mulheres... Esqueci. Era-lhes proibido exercer qualquer atividade comercial, a não ser a compra e venda de roupas usadas — um veto amplamente ignorado, visto que era no gueto que as trocas de moeda ocorriam em maior volume. O gueto só cessou de existir em 1798, depois da tomada de Roma por Napoleão, que também abriu o de Veneza (motivos certos para admirá-lo). A liberdade durou até 1814, com a derrota francesa. O papa Pio VII restabeleceu o confinamento, que só viria a ser abolido em definitivo em 1870, com a unificação da Itália e a transformação de Roma em capital do país. A ironia bem-calculada é que coube a um piemontês de origem judaica explodir os muros da Roma pontifícia e colocar, assim, um ponto final no poder temporal dos papas.

Como diz o provérbio humorístico do século XVIII, apedrejado pelos pensadores não menos humorísticos do XIX, a história é uma velhota que se repete sem cessar. Mas não como farsa.

7

Se você prestou atenção, reparou que falei em "nossa gente". Espero que não tenha acreditado que me chamo Ranuccio Tomassini. Nem mesmo meu pai sugeriria um nome tão grotesco ao filho que viria a abandonar. Como ele também me deixou de herança uma obra atribuída a Caravaggio, fiz a brincadeira que me forneceu mais linhas. Eu nem mesmo sei qual era a pintura preferida dele.

Sou judeu pelo lado paterno, ou sempre quis ser, mas não me chamo Marco Levi. Gostaria de ter esse nome, porque o acho forte para um escritor. Fico imaginando títulos de reportagens e resenhas, em seis colunas de jornal: "Marco Levi prepara um novo romance"; "Marco Levi ganha o Prêmio Tal"; "Marco Levi surpreende o leitor com seu livro mais recente". Nome é destino, e meu fracasso literário pode ser creditado ao meu nome verdadeiro? Superstição. Contudo, há casos em que nomes certos ajudam a empurrar um sujeito, seja para o bem ou para o mal. Vou pegar um exemplo da seara do mal, sempre mais interessante. O americano William L. Shirer, autor de *The Rise and Fall of the Third Reich*, sobre as entranhas do nazismo, conta que Adolf Hitler quase foi batizado com um sobrenome ridículo, o que provavelmente mudaria o curso dos acontecimentos no século XX. Segundo parêntese: quando me mudei para o antigo gueto, e a vizinhança não sabia que eu tinha origem judaica, causei desconfiança ao desfilar pelas ruas com esse cartapácio de capa cinza com uma enorme suástica estampada no centro — desconfiança reforçada pelo fato de eu ser careca e manter o que me restou de cabelos aparado com máquina zero. Tomaram-me como skinhead neonazista, e fui interpelado, certa noite, quando voltava de um dos meus passeios, por dois carabinieri. Tive de mostrar meus documentos e traduzir do inglês, em voz alta, trechos do livro. Desfeito o mal-entendido, os carabinieri disseram que haviam sido alertados sobre um desconhecido que passeava com o *Mein Kampf* debaixo do braço.

Retomo Shirer: ao abordar a genealogia de Hitler, ele relata que o avô do ditador, Johann Georg Hiedler, um moleiro errante, casou-se em 1842 com Maria Anna Schicklgruber — cinco antes depois de ter tido com ela um filho bastardo (eu sei que a palavra incomoda, mas sou preciso, enfatizo, e Shirer também). Maria Anna batizou o menino de Alois Schicklgruber — sobrenome que permaneceu inalterado mesmo depois da união com Johann. Maria Anna morreu em 1847, quando Alois contava dez anos, e Johann caiu fora. Ele reapareceu em 1876, aos oitenta e quatro anos, para reconhecer em cartório, diante de três testemunhas, a paternidade de Alois, então com trinta e nove anos. Como Johann havia trocado o seu "Hiedler" por "Hitler", seu filho foi registrado como "Alois Hitler" e teve rasurado do livro de batismo da paróquia do distrito de Waldviertel, na baixa Áustria, o "Schicklgruber". Consta que Johann decidiu reconhecer Alois no fim da vida, não por arrependimento, mas para que o filho bastardo adquirisse legitimidade e, assim, pudesse receber parte da herança do tio paterno que o criou. Shirer escreve que foi somente nos anos 30, quando Adolf já era quem era, que jornalistas de Viena descobriram a história. Depois de divulgá-la, passaram a chamá-lo derrisoriamente pelo sobrenome materno, que soa caipira aos ouvidos de pessoas de fala alemã.

Sobre nome e destino, Shirer observa que "há muitos volteios esquisitos na estranha vida de Adolf Hitler, mas nenhum mais esquisito do que este que ocorreu treze anos antes do seu nascimento. Não houvesse o moleiro errante de oitenta e quatro anos reaparecido para reconhecer a paternidade do seu filho de trinta e nove, quase trinta anos depois da morte da mãe, Adolf Hitler teria nascido Adolf Schicklgruber. Talvez não haja muito ou mesmo nada em um nome, mas eu ouvi alemães especularem se Hitler teria se tornado dono da Alemanha se fosse um Schicklgruber. Esse sobrenome tem um som ligeiramente cômico quando sai da boca de um alemão do sul. Podem-se imaginar as frenéticas massas alemãs aclamando um Schicklgruber com os seus tonitruantes 'Heils'? 'Heil Schicklgruber!'? Usado como um canto wagneriano, de caráter algo pagão, pela multidão nos místicos e suntuosos comícios nazistas, o 'Heil Hitler' tornou-se, ainda, a forma obrigatória de saudação entre alemães durante o Terceiro Reich, mesmo ao telefone, ao substituir o convencional 'Alô'. 'Heil Schicklgruber!' Um pouco difícil de imaginar".

Não tenho um sobrenome engraçado, mas ele não parece conveniente a um escritor. E também não vou revelá-lo a você. Continuarei a usar pseudônimos para assinar meus trabalhos. Inclusive para este aqui, caso os editores da revista que o encomendaram concordem que eu venha a publicá-lo em livro. Já escolhi. Será Mario Sabino: Mario, do general romano, e Sabino, do povo que sucumbiu a Roma. Fiz uma pesquisa no Google, para saber se existia alguém com esse nome. Há vários. Um deles, natural do país do qual sou proveniente, confessou ser parricida. Consta que escreveu uma autobiografia, mas não me preocupei em obter detalhes. Vou gostar de ser confundido com um maluco desses. Meu analista — ex-analista — disse que não usar meu próprio nome é uma forma de renegar meu pai. Ele é tão óbvio. Reconheceu, porém, que sou menos drástico do que o Mario Sabino parricida. A meu favor, faço saber que meu pai me renegou antes. Além de sumir, recusou-se a me filiar ao judaísmo. Judeu que é judeu nasce de ventre judaico, mas minha mãe era católica. Logo, cabia a ele me fazer judeu. Judeu torto, mas judeu. Minha mãe dizia que não opôs qualquer obstáculo a que eu frequentasse sinagogas e cumprisse com todos os rituais de jejum judaico, mas meu pai foi adiando minha iniciação, até sumir de nossas vidas. Eu afirmei que era circuncidado, mas fiz a cirurgia aos oito anos, por motivo médico. Antes de me mudar para Roma, jamais havia usado um quipá.

Numa das sessões, meu então analista jogou outra afirmação sobre o divã: a de que nunca adotei o pseudônimo Marco Levi, de que tanto gosto e com o qual sonho o sucesso, porque isso me obrigaria a levar a literatura a sério e, desse modo, enfrentar sem armadura a eventualidade de um fracasso. Ele acha que os meus fracassos literários são mitigados pelo fato de eu usar pseudônimos escolhidos quase que a esmo. Nessa linha de raciocínio, Marco Levi seria, na verdade, um heterônimo. Ou seja, um desdobramento de mim mesmo, e não uma armadura. Heterônimo. Meu analista italiano leu Fernando Pessoa, "para entender o contexto cultural ao qual eu pertencia". Se de fato quisesse conhecer meu país, teria de ler sobre tambores e máscaras africanas de rituais animistas. Enquanto o meu analista — ex-analista — falava, fiquei pensando por que ele usava uma imagem medieval para referir-se aos meus pseudônimos. Concluí que existe uma regra geral: as metáforas estão sempre defasadas em relação à linguagem cotidiana. Alguém poderia faturar uma bolsa de estudos com uma tese universitária sobre essa bobagem.

Vou tirar um pouco a armadura. Não a da assinatura literária. Comecei esta narrativa falando de mulheres que me traíram com judeus. As mulheres e os judeus fundem verdade e fantasia. Sou um ficcionista e, como tal, fiz o que todos fazem, ladrões que somos: cortei pedaços de histórias reais, adicionei ingredientes que empoeiravam minha despensa literária, usei o saleiro do ressentimento e servi tudo em poucos personagens. Não foi difícil, visto que, mais do que planos, eles são personagens achatados. Nem com óculos 3D adquirem mais de uma dimensão, caso alguém com dezesseis anos e, consequentemente, sem nenhuma informação sobre teoria literária, esteja lendo este trabalho (Gaa-Gaa). Fiz menção a uma pintura atribuída a Caravaggio que herdei do meu pai. Não foi só ela. Herdei também a casa no antigo gueto, duas dezenas de apartamentos no centro histórico de Roma e uma enorme soma em aplicações financeiras em bancos italianos — e suíços. Como não sei como meu pai ganhou tanto dinheiro, e certamente não foi de maneira honesta o tempo todo, porque ninguém acumula fortuna seguindo as regras à risca, imagino golpes que ele armou ou dos quais participou como coadjuvante. Meus judeus literários nasceram assim — da tentativa vá de entender como meu pai ficou rico. Todos os seus parentes e conhecidos já morreram, e seus representantes legais, por cláusula contratual, não podem me revelar nada sobre sua biografia. Sei apenas que, quando nasci, ele trabalhava para uma seguradora. Depois, exerceu diferentes tipos de atividade, nenhuma delas muito clara. Sua formação educacional era uma incógnita até para minha mãe. De baixa extração social e cultural, não dava importância ao assunto. Parece que ele cursou, sem concluir, a faculdade de direito (Saulo procurou verificar se o nome de meu pai constava na lista de ex-alunos das principais instituições do país, sem resultado). Por isso, às vezes o imagino um advogado picareta que mantinha relações escusas com árabes inescrupulosos; ora o fantasio como lobista de empreiteiros e agenciador de magistrados desonestos. Eu poderia ter criado um terceiro judeu literário, lavador de dinheiro associado à camorra para explorar o tráfico de drogas, o trabalho de imigrantes ilegais (Gaa-Gaa) e o contrabando de mercadorias chinesas para a Itália ou Espanha. Mas soaria exagerado, ainda que pudesse resultar em um monte de linhas.

Meus judeus literários, portanto, também podem ser compreendidos como uma vingança contra esse pai que me abandonou — embora hoje, graças à sua herança, eu leve uma vida invejável. Herança que ele não me legaria se tivesse permanecido ao lado da minha mãe insuportável. Eu deveria perdoá-lo, mas sou escritor — e escritores são mesquinhos. Seria um desperdício esquecer minha raiva. Retalhei meu pai judeu, dono de uma riqueza de origem misteriosa, em dois judeus escroques. Vinguei-me dele, avancei no número de páginas e ainda formulei a minha ideia de trabalho como blow job a partir da historieta das traições das minhas mulheres. Quem precisa da tinta da melancolia, quando se tem o teclado da neurose?

Me sta a veni' 'na cecagna... Quer dizer "estou ficando com sono", no dialeto de Roma. Quer dizer também que estou ficando cansado de escrever estas linhas, assim como quando eu trabalhava como jornalista (Gaa-Gaa). Durante anos, fui editor de um jornal respeitado, desses que vendem cada vez menos por causa da internet. Política e economia. O posto, razoavelmente graduado, permitia que eu tivesse contatos com ministros, governadores, grandes empresários e banqueiros. É fácil virar comunista quando se ouve um grande empresário ou um banqueiro discorrendo sobre o único assunto que os interessa: produtividade e lucros. Mas resisti e continuei capitalista. A conta é simples: em que sistema o blow job era pior e matou mais gente? O socialismo ganha de longe, e entre os socialistas eu incluo Mussolini e Herr Hitler, visto que fascismo e nazismo nasceram como variantes da

70

ideologia esquerdista. Cada vez que sinto raiva de um capitalista, começo a ler uma dessas biografias de seiscentas páginas de um monstro totalitário que sonhou com o "novo homem" e cretinices da gauche. Daí ter sido abordado pelos carabinieri. Dois dias antes, eu havia sido maltratado pelo proprietário de uma loja de vinhos chique, no bairro de Parioli, onde vive boa parte da burguesia romana. Tentei regatear no preço de meia dúzia de garrafas de Barolo, e ele me deu uma esnobada. Mandei-o à puta que o pariu e pensei em comprar a loja de vinhos usando um laranja. O livro de Shirer saiu mais barato.

Quando era jornalista, a ocasião em que fiquei mais irritado foi quando o dono de uma metalúrgica estabeleceu uma das comparações mais deseducadas já ouvidas por mim. Estávamos conversando sobre a taxa de desocupação elevada em nosso país quando ele disse que "empresa não era para criar emprego, e sim para dar lucro". Concordei. Animado com o meu assentimento (em geral, os jornalistas são anticapitalistas), ele prosseguiu: "Por exemplo, no Antigo Egito, quando o mestre de obras de uma pirâmide pedia ao faraó mais, sei lá, cinco mil escravos, não era para dar de comer a essa gente, e sim para apressar a construção da coisa." Ali, comecei a ter problemas sérios com o jornalismo, que terminariam na minha retirada definitiva de cena. Disse ao capitalista que não imaginava como um sujeito tão imbecil como ele podia ter sucesso, qualquer sucesso, e fui embora do restaurante onde almoçávamos, deixando-o sozinho à mesa. O jornal passou seis meses sem receber anúncios da empresa do sujeito, até que me convenceram a pedir desculpa. A assessoria de comunicação dele também o convenceu a pedir desculpa pela comparação infeliz, mas duvido que ele tenha deixado de pensar como um faraó do Antigo Egito.

Eu sabia que o empresário tinha razão (Gaa-Gaa), mas um pouco de compostura é necessário até no blow job.

Andei pelo jornalismo. Não por vocação, e sim por falta de pendor para outra profissão. Falei em ética protestante páginas atrás. O pensador alemão Max Weber, em *A ética protestante e o espírito do capitalismo*, foi quem formulou a tese que me tranquilizou a respeito da minha falta de vocação. O livro nasceu da constatação de que os países protestantes tiveram um desenvolvimento capitalista mais acelerado. Terceiro parêntese: um resenhista de testa alta, cabelos brancos e longos, amarrados com um rabo de cavalo, escreveu a respeito de um dos meus livros que eu era explícito demais nas minhas intenções. Implicitamente, deu a entender que me apoiava demais em outros autores. Bom, Schopenhauer explica o meu estilo. E eu não sou mais explícito nem cito mais do que o argentino Jorge Luis Borges. Mas quem explica um velho que insiste em ter cabelos longos amarrados com um rabo de cavalo? Fim do terceiro parêntese. Voltando a Weber, ele esclareceu que vocação profissional foi uma adaptação, para o universo do trabalho, de uma concepção religiosa. A fim de justificar o enriquecimento, malvisto pelos católicos, os protestantes conferiram ao trabalho individual a aura divina de vocação. Diz Weber que, no desenvolvimento da ética protestante, "a profissão concreta do indivíduo vai se configurando como uma ordem de Deus para ocupar na vida a posição que lhe reservou o desígnio divino". No catolicismo, a palavra vocação só se aplicava a quem se dispunha a servir à Igreja como padre ou freira. "Um dos elementos componentes do espírito capitalista, e não só deste, mas da própria cultura moderna, a conduta de vida racional fundada na ideia de profissão como vocação nasceu do espírito da ascese cristã", acrescentou Weber. Ele também esclareceu essa noção de "perda de tempo". De acordo com o pensador, para os protestantes, pecado não era obter riqueza, mas "descansar sobre as posses". Porque repousar era um privilégio reservado apenas a quem havia alcançado a santidade no Outro Mundo. Escreve Weber, citando, na verdade, o puritano inglês Richard Baxter: "A perda de tempo é, assim, o primeiro e em princípio o mais grave de todos os pecados. Nosso tempo de vida é infinitamente curto e precioso para 'consolidar' a própria vocação. Perder tempo com sociabilidade, com 'conversa mole', com luxo, mesmo com o sono além do necessário à saúde — seis, no máximo oito horas —, é absolutamente condenável em termos morais. Ainda não se diz aí, como em Benjamin Franklin, que 'tempo é dinheiro', mas a máxima vale em certa medida em sentido espiritual: o tempo é infinitamente valioso porque cada hora perdida é trabalho subtraído ao serviço da glória de Deus. Sem valor também é a contemplação inativa, ao menos quando feita às custas do trabalho profissional. Pois ela é menos agradável a Deus do que o exercício de Sua vontade na vocação profissional."

E, assim, o blow job adquiriu um ritmo frenético. E, assim, os países protestantes ficaram ricos. E, assim, na conclusão de Weber, ninguém sabe ainda se, nesse mundo do trabalho criado a partir da ética protestante, desprovido de valores morais mais arraigados, "o que vai restar não será uma petrificação chinesa (mecanizada), arrematada com uma espécie convulsiva de autossuficiência. Então, para os 'últimos homens' desse desenvolvimento cultural, bem poderiam tornar-se verdade as palavras: 'Especialistas sem espírito, que obtêm prazer sem ter coração: esse Nada imagina ter chegado a um grau de humanidade nunca antes alcançado'".

E, assim, na contramão da história (outro clichê proporcional a meu pagamento), despreocupado com a minha falta de vocação, enxerguei a verdade sobre o trabalho (Gaa-Gaa). E, assim, depois de herdar uma bolada, posso dormir no meu sofá todas as tardes, sem prestar contas a Deus, e contemplando na mais completa inatividade a Sua glória resumida no meu jardim de velhos limoeiros e pés de manjericão. Um judeu ocioso no centro da cristandade, a uma distância prudente da ética protestante.

8

Enquanto o mundo faz blow job sem perda de tempo, eu ganho corpo de atleta, correndo em Villa Borghese e exercitando-me em aparelhos de musculação. Montei uma pequena academia na minha casa, ao lado do escritório e, delícia, com visão para o jardim. O meu treinador, Giuseppe, foi indicado pela mulher que viria a se tornar minha namorada. Pelo menos, eu acho que ela é minha namorada. Nunca definimos o que somos. Seu nome é Renata Bregael — o sobrenome é uma variante de "Abigail", a mulher do rei Davi, famosa por sua coragem. O avô materno de Renata foi um dos dezessete judeus do gueto de Roma que sobreviveram ao Holocausto. As outras mil e cinco pessoas deportadas para Auschwitz pereceram asfixiadas nas câmaras de gás, das quais duzentas eram crianças. Ele era médico generalista, e por isso se salvou. Foi encaminhado para trabalhar na enfermaria de um dos campos do complexo da morte. Como era excelente profissional, atendia soldados alemães. Morreu cinco anos antes de eu vir morar em Roma, e dez depois de sua mulher, vitimada por um câncer. Também deixou uma boa herança para a filha única. Sobre o pai, Renata disse que era um contador apagado, mas de ótimo caráter. Quanto à sua mãe, era uma dona de casa dedicada. Muito bonita, segundo ela. Ambos morreram havia pouco tempo, quase que simultaneamente. Ataque cardíaco, o pai; aneurisma cerebral, a mãe. Conheci Renata em sua escola de dança. Resolvi fazer aulas de dança para conhecer mulheres, e fiquei com a professora-proprietária, depois de quatro lições de tango. Apaixonado, escrevi um continho lírico que destoa da minha produção literária. No dia seguinte à nossa primeira noite, mandei-o com um buquê de rosas vermelhas e um convite para jantar no restaurante de Antonello Colonna, o melhor da cidade.

Embora seja motivo de vergonha para mim, reproduzirei o conto. É necessário para que se entenda o diálogo travado com Renata durante o jantar.

O que faz de um tango um tango

O que faz de um tango um tango não são as letras lamuriosas. O que faz de um tango um tango não é o Gardel morto que canta cada vez melhor. O que faz de um tango um tango não são os passos ensaiados na tradição. O que faz de um tango um tango não é a orquestra com o ar cansado de quem tudo já viu. O que faz de um tango um tango não são as pernas altas da dançarina, calçadas em meias pretas. Não é seu cabelo preso ora com flor, ora com fita. O que faz de um tango um tango não é o chapéu antigo do dançarino. Não são os seus sapatos lustrosos. Não é o seu terno de risca de giz. Não é o seu lenço dobrado no bolso da lapela. O que faz de um tango um tango não é Buenos Aires. Não é qualquer geografia. O tango não está no mundo das latitudes, das longitudes, das cartografias, dos guias turísticos.

O que faz de um tango um tango é a atração e a repulsa. É a tentação e o medo. É o afeto e a raiva. O que faz de um tango um tango é ela seguindo na mesma direção dele, e ele seguindo na mesma direção dela, até que um tenta fugir e o outro tenta impedir, numa alternância de fugas que se querem e não se querem. O que faz de um tango um tango é a dor de um e de outro transformada em coreografia simétrica. O que faz de um tango um tango é o encontro que se desencontra e se reencontra. O que faz de um tango um tango são os volteios do amor dos poemas clássicos, das canções dos trovadores. Os volteios do amor que bebe no prazer e na fúria. Os volteios do amor que se amorna e logo torna a incandescer. O que faz de um tango um tango é o amor que, na iminência de um final que se prenuncia infeliz, acha o final feliz. Porque nunca em um tango que é tango os dançarinos terminam separados, descolados, deslocados.

O que faz de um tango um tango sou eu dentro de você na carne e você dentro de mim na alma, depois do último acorde, depois do último aplauso, depois da última lágrima, depois do último gozo. O que faz de um tango um tango é a música que se quer silêncio. O silêncio dos amantes.

Renata chegou monossilábica ao restaurante. Depois de tomar duas taças de vinho, perguntei se havia apreciado o continho.

— Achei patético.

— ...

— Você acha que sou como as outras mulheres?

— Porque achei que você acharia bonito?

— Claro.

— Você poderia achar bonito, e não ser como as outras mulheres.

— Não sou romântica, querido, e imaginei que você tivesse percebido isso enquanto transávamos.

— Você se sentiu subestimada por causa do continho?

— Não, mas talvez eu tenha superestimado a sua inteligência.

— Sou um idiota, então.

— Não diria isso... Ainda. Pode ter sido apenas um equívoco da sua parte.

— Saiba que o continho nada tem a ver com o que já escrevi ou com o que virei a escrever. Não sou romântico. Foi uma derrapada.

— Que bom... O romantismo é fruto de uma ideologia classista e reacionária.

— Você é de esquerda.

— Você não precisa ser de esquerda para reconhecer certas verdades.

— Você não é de esquerda.

— De esquerda, de direita, de centro: depende da latitude, posso mudar de posição.

— Na Itália?

— De centro.

— Na China?

— De direita.

— No Oriente Médio?

— ...

— No Oriente Médio?

— De esquerda, eu acho.

— Uma judia pró-palestinos.

— Uma judia em favor do bom-senso.

— ...

— Você sabe quem melhor definiu o amor para mim?

— Lord Byron?

— Bobo.

— Georges Bataille?

— Apesar de falar em olho do cu, é um idealista romântico.

— Quem, então?

— Lady Gaga.

— Aquela cantora americana que gosta de chamar a atenção com roupas e penteados esquisitos?

— Ela.

— Você não pode ser tão superficial.

— Você não imagina como há verdades boiando na superfície.

— ...

— ...

— Você vai continuar dando para mim?

— Vou. Acho você gostoso.

— Você gosta de mim?

— Acho você gostoso, não basta?

— Você já gostou de alguém, a ponto de desesperar-se com a sua falta?

— Não.

— Duvido.

— Cavoli tuoi.

— Se eu ficasse doente, gravemente doente, você ficaria ao meu lado?

— Contrataria uma boa enfermeira. É o que todos fazem, inclusive aqueles que afirmam que ficarão ao lado de alguém nos piores momentos.

— E se eu morresse de repente?

— Ficaria chateada durante uma semana, talvez duas.

— E se eu tivesse um mal súbito ao seu lado: você me ampararia?

— Ligaria para o número de emergência e cairia fora. Odeio burocracia hospitalar.

— Você já considerou a hipótese de ser psicopata?

— Já. Mas não sou: choro, sofro, alegro-me, angustio-me. Só não me deixo tomar por sentimentos que podem me ancorar em um porto abandonado.

— Se a nossa relação for adiante e, depois de um ou dois anos, eu der um fora em você, por quanto tempo você sofreria?

— O tempo de um tango. Depois que um tango acaba, o que vem não é o silêncio dos amantes, como você escreveu, mas o da liberdade.

— ...

— Lady Gaga. Vou mandar para você a letra de "Bad Romance", e enviar essa e outras faixas dela para o seu iPod. Talvez você ache superficial o suficiente para compreender algumas coisas a meu respeito; e também sobre você, espero.

Não sou ligado em música como era quando jovem, mas admito que a senhorita Stefani Joanne Angelina Germanotta, além de ser um gênio do marketing, entendeu bem este mundo sem coração. Desde que Renata me enviou suas músicas, não tiro Lady Gaga do meu iPod. Ouvi-la enquanto corro em Villa Borghese forma um contraste muito interessante. Você conhece a letra de "Bad Romance"? É a antítese do meu tango. É o oposto do amor espiritualizado de Dante. É o contrário do amor romântico de Shakespeare e dos poetas ingleses do século XIX. Em meio a uma série de interjeições, inclusive uma "Rah, Rah, ah, ah, ah, Roma, Roma, maa-maa", ela diz desejar a feiura, o drama, a doença, a vingança, o horror de seu amante malvado, desde que saia de graça.

Se você não é surdo ou eremita, já deve ter ouvido. Parece meio idiota, mas não dentro do meu contexto. Renata, minha judia linda; Renata, minha romana libidinosa; Renata, minha adepta de ideologias cambiante, mostrou-me que todas as faces do amor, inclusive as do horror e da vingança, podem ser desejadas, assim como na música de Lady Gaga. As mulheres dos primeiros capítulos: agora me sinto à vontade para contar o que ocorreu com as sombras que se levantaram do vale das histórias mortas para dançar entre essas personagens achatadas — personagens que só tiveram serventia para que eu compusesse a abertura provocativa de um artigo encomendado e enxovalhasse judeus para ferir a lembrança do meu pai judeu. Não há muito, naqueles episódios iniciais, sobre as sombras que me empurraram até Roma. Quase nada, para ser mais preciso. Mas elas estiveram presentes desde a primeira linha, cercando-me com lembranças ternas e torturando-me com as torturas que as infligi e foram infligidas a mim. Dei-me ao trabalho (Gaa-Gaa) de tentar concentrar-me no tema do artigo. Chega. Rendo-me, caso os editores concordem em me pagar mais de trezentos dólares para que, de um artigo, eu faça um romance. Amores bons ou maus, nada sai de graça.

SEGUNDA PARTE

9

Há nove meses coloquei o ponto final no que classificarei de "Primeira Parte" deste livro — ainda sem ninguém que o publique, mas livro. Os editores da revista literária cujo tema seria "trabalho" recusaram o que escrevi, sob a argumentação de que eu fugira do assunto. Provavelmente, imaginavam algo mais edificante, na linha da inscrição do portão de Auschwitz, e menos pessoal. Queriam pagar os trezentos dólares, mas não aceitei. Disse que, com aquela soma, eles também fugiam do assunto. Arquivei as trinta e tantas páginas de computador e fiquei à toa, sem disposição para escrever o romance que propicia a Domenico, o barista, suspirar e blasfemar enquanto me serve. Nove meses sem fazer nada. Mas, envolvido em acontecimentos entre curiosos e trágicos durante esse tempo, resolvi voltar ao teclado, mesmo sem editora à vista. Vou continuar espremido na classe econômica de Schopenhauer, e só usar reminiscências nesta Segunda Parte.

Eu poderia tomar um atalho e ir diretamente aos recentes acontecimentos entre curiosos e trágicos. Não vou fazê-lo porque preciso de mais linhas para convencer uma editora a publicar este livro — e também porque, para ser de fato confessional, como se espera de um autor da classe econômica, tenho de dar uma volta enorme para falar das sombras que teimam em não voltar ao vale das histórias mortas. Para dar contornos mais nítidos a meu relato, preciso ainda me estender sobre aquela que as precedeu: minha mãe. Vinguei-me do meu pai judeu desdobrando-o em dois trambiqueiros judeus. Vou me vingar da minha mãe sem precisar inventar uma vírgula. Vou justificar minhas falências retratando-a como o monstro que ela era. Vou tomar o lugar de Saulo e escrever a minha biografia. Acho que esse era meu propósito desde o começo. Acho que essa motivação inconsciente explica a presença das sombras e as minhas fugas do tema do artigo. Meu ex-analista perdeu os mil euros que eu pagava por mês, mas não vai caber em si ao ter a impressão de que, finalmente, eu coube em mim graças a ele. Impressão, eu disse.

Minha mãe era filha de italianos, assim como meu pai, só que de família católica, como já disse. Meu pai era de ascendência romana; ela, de origem campana, da região de Salerno. Conheceram-se numa festa de clube ou algo assim — as versões dela variavam a ponto de eu achar, em certo momento, que haviam se encontrado num puteiro. Quatro meses depois, ela ficou grávida. Diante desse, digamos, problema, resolveram morar juntos, numa união cheia de idas e vindas. Hoje, reconheço que meu pai demorou a escapar. Minha mãe não passava mais do que dois meses no mesmo emprego, fosse por incompetência, agressividade ou as duas coisas combinadas. Em casa, a gritaria dela era motivo de reclamações constantes dos vizinhos. Ela gritava comigo, gritava com meu pai, gritava com as empregadas que se sucediam quase que semanalmente, gritava com minha avó materna, que às vezes aparecia para tentar ajudá-la nas lides domésticas, e que me contou, pouco antes de morrer, eu então com sete anos, como minha mãe havia sido uma péssima aluna e jamais havia se acertado no trabalho.

Quando meu pai fugiu de vez dessa vida de merda, ela foi vender enciclopédias de porta em porta, como relatei, o único emprego em que se manteve estável por um longo período. Eu estava para fazer dez anos quando minha mãe apresentou-me a um amigo de nome francês: Brennand. Era um belo homem, de estatura mediana, olhos verdes, cabelo grisalho cortado rente, a pele sempre dourada de sol. Brennand passou a almoçar conosco uma vez por semana. Ele pendurava o paletó na lateral da estante que dominava a pequena sala do apartamento e sentava-se numa das duas poltronas, de preferência a que ficava próxima à janela. Minha mãe, então, servia-lhe o uísque barato que guardava num compartimento da estante. A conversa animava-se à medida que Brennand bebia.

Ambos vendiam as tais enciclopédias, e a remuneração era baseada no número de pontos contabilizados ao final do mês. A pontuação atribuída às enciclopédias era diretamente proporcional ao preço de cada uma. Brennand era um dos campeões de venda — e, como é esperável de um profissional da lábia bonitão, de cantadas nas colegas de trabalho. Não foi difícil cantar minha mãe, imagino. Desde que haviam se tornado próximos, nos meses em que a pontuação dela não atingia o suficiente para garantir-lhe um salário razoável, ele lhe repassava algumas vendas. Em troca, a puta coitada fazia suas vontades.

Quando fomos apresentados, eu não sabia de nada disso. Quer dizer, sabia que ele ajudava minha mãe a conseguir mais pontos, como se apenas por amizade. Logo simpatizei com Brennand: era bom ter uma presença masculina em casa e, quando ele estava lá, minha mãe não gritava. O cheiro do uísque, o paletó dependurado na estante, a voz algo metálica, os seus comentários sobre futebol, o sincero falso interesse que ele demonstrava em meu cotidiano — todas essas coisas ajudavam a preencher, por algumas horas semanais, a ausência paterna.

Era uma grande ausência. A única figura masculina na minha vida resumia-se ao irmão da minha mãe, enfermeiro na ala psiquiátrica de um hospital público. Um sábado por mês, para cumprir uma obrigação que julgava ter depois da morte da minha avó, o meu tio me levava para a casa dele. Era comum que almoçássemos por lá mesmo. De vez em quando, comíamos na lanchonete da esquina, na verdade um botequim com mesinhas. Os passeios eram raros. O mais comum é que, acabado o almoço, ele fosse dormir, deixando-me na frente da televisão. No final da tarde, meu tio me levava de volta.

Eu não me importava quando ele inventava uma desculpa para não me pegar, o que foi se tornando frequente depois de seis meses, até ele amanhecer morto, vítima de infarto. Minha mãe, para se livrar de mim por algumas horas, fingia não ver que o meu tio estava invariavelmente dopado pelos remédios psiquiátricos no qual se viciara — as "bolinhas", como se dizia na época. Esses remédios o faziam ficar com a voz pastosa, o andar trôpego, os olhos injetados. Não raro, a química de tais medicamentos resultava em ataques de cólera. Vi muitas vezes ele partir para cima da mulherzinha com quem morava. Ela não valia nada. Enquanto meu tio dormia, a fulana puxava conversa comigo, só para chamar minha mãe de "vadia". Por isso, quando meu tio a enchia de socos e a arrastava pelos cabelos, ao meu terror misturava-se uma sensação doce.

O amigo da mamãe, portanto, era uma presença masculina bem-vinda. Mas a simpatia por Brennand desmoronou depois de um almoço em que ele se mostrara particularmente loquaz. Enquanto a minha mãe preparava o café, Brennand foi até o seu paletó pendurado na estante, tirou a carteira de um dos bolsos internos e, da carteira, umas três notas de dez qualquer coisa (por causa da inflação crônica, meu país teve várias moedas). Não lembro o nome do dinheiro, mas sei que era bastante para um menino de dez anos — principalmente para mim, habituado a comer pedaços de sanduíche dos meus colegas de escola, por causa da incompetência da minha mãe em ganhar um salário que me propiciasse ter uma mesada. Sempre sem dinheiro, eu era motivo de comentários dos professores: "Coisa esquisita: um judeu pobre." E eu nem era judeu judeu.

Brennand me deu as três notas:

— Tome, vá comprar figurinhas e tomar um sorvete.

— Posso comprar uns chocolates também?

— Pode, e se sobrar troco, pode ficar.

— Obrigado. Mas os chocolates de que eu gosto só são vendidos no supermercado. Fica a cinco quarteirões aqui de casa...

— Então, você vai demorar um pouquinho...

— É... Vou ter de atravessar uma avenida, e minha mãe não...

Ele passou a mão na minha cabeça, deu uma piscadela, e eu saí feliz.

Fui até a banca de jornais, para comprar as figurinhas, e também à sorveteria da esquina. Depois de andar dois quarteirões em direção ao supermercado, parei. Estava começando a chover. Pensei em continuar, mas, como os pingos se adensavam, decidi voltar. "Tudo bem: como não comprei os chocolates, vou ter ainda mais dinheiro para comprar lanche na escola. Eles vão ver quem é o judeu pobre", pensei. Subi os três lances de escada que separavam o apartamento da portaria do prédio, naquela correria de menino que não sabe por que está correndo. Encontrei a sala vazia. "Mãe!", chamei, entrando na cozinha. Ninguém. No corredor minúsculo, detive-me diante da porta fechada do seu quarto. Encostei o ouvido na fechadura. Brennand chamava minha mãe de "vadia", enquanto ela gemia. A mulherzinha do meu tio estava certa.

Morri naquele instante, de uma morte furiosa. Esmurrei a porta, gritando pela minha mãe. Esmurrei e chutei, chutei e esmurrei, até ouvir o barulho da chave girando. Então, antes que a porta se abrisse, corri para o meu quarto.

Sentei-me na cama, paralisado. Alguns minutos depois, minha mãe apareceu:

— O que você queria? Eu estava arrumando a cama, para Brennand tirar um cochilo. Não faça barulho, deixe-o dormir um pouco, o coitado está cansado.

Nenhuma palavra sobre a porta trancada. Também não falei nada. Sentia-me ultrajado, traído por minha mãe e aquele sujeito de quem nunca viria a pronunciar o nome outra vez. Não devolvi o dinheiro que ele me dera, mas, daquele dia em diante, deixei de conversar com Brennand. Respondia a suas perguntas com monossílabos ou com frases curtas e hostis. Não conseguia nem mesmo encará-lo. Quando Brennand chegava, refugiava-me em meu quarto e fechava a porta. Só saía de lá para almoçar, com o rosto enfiado no prato.

Depois de um ano, implodi o teatrinho.

Estávamos os três sentados à mesa da cozinha, almoçando. Brennand, à cabeceira, com minha mãe de olhar de cachorro à direita. Na outra ponta, eu comia o mais rápido possível, para voltar ao quarto. A conversa dos dois girava em torno das vendas que andavam escassas e dos pouquíssimos pontos que ela havia alcançado naquele mês:

— Se não vender pelo menos quatro coleções na semana que vem, vai ser difícil fechar o mês.

— Não se preocupe, posso passar várias vendas para você.

Sem desviar os olhos da comida, não me contive:

— É assim que você paga?

Uma espécie de pausa dramática instalou-se, antes que minha mãe perguntasse:

— O que você disse?

— Se é assim que ele paga para dormir com você e enganar a mulher dele.

Outra pausa, dessa vez interrompida pelo som da cadeira de Brennand sendo afastada da mesa. Ele foi para a sala, seguido por minha mãe. Os dois trocaram algumas palavras em voz baixa e desceram.

Tranquei-me em meu quarto. Meia hora depois, minha mãe bateu à porta:

— Filho, precisamos conversar.

Limpei as lágrimas. O pedido de minha mãe, formulado com voz carinhosa, prenunciava talvez um abraço, gesto de que ela não era pródiga. Era certo, pensava, que pediria desculpas por ter trazido aquele homem para dentro de casa. Um homem casado e com três filhos — sobre os quais Brennand falava abertamente e de quem mostrara as fotografias guardadas na carteira. Eu aceitaria o seu perdão e, reconciliados, voltaríamos ao nosso precário equilíbrio cotidiano, o máximo a que podíamos almejar.

Abri a porta, mas, em lugar do abraço, recebi um tapa na cara. Ao tapa, sobrevieram sapatadas com a sandália de salto pontudo, desferidas com método por minha mãe, que procurava as partes mais sensíveis do meu corpo, enquanto eu tentava defender-me, deitado na cama, usando as pernas como escudo. Sapatadas nos joelhos, nos cotovelos e no alto da cabeça, local em que o couro cabeludo esconderia as manchas roxas, aparentemente normais nos joelhos e cotovelos de um menino de onze anos. Ela gritava:

— Você é uma herança maldita! Uma herança maldita, está ouvindo, pirralho?

Tomei a surra sem chorar. O tapa, as sapatadas: era como se a cada pancada eu me tornasse mais credor da minha mãe. Sua violência me fortalecia, porque, ao final, caberia a mim cobrar a dívida ou perdoá-la. Jamais cobrei a dívida, e nunca a perdoei.

Nunca mais vi Brennand. Ele não mais visitava minha mãe durante a semana: aparecia aos sábados, eu na casa do meu tio, num arranjo que não me foi comunicado, mas intuído por mim. Quando meu tio não dava as caras, minha mãe, furiosa com a minha presença incontornável, dava um jeito de descontar a ausência do amante humilhando-me. Mandava que eu lavasse o banheiro, por exemplo, já que ela "não podia fazer tudo sozinha". Depois que meu tio morreu, ela ordenou que, aos sábados, eu deveria ir para a casa de um colega ou a qualquer outro lugar. Não podia voltar antes das seis da tarde de jeito nenhum, porque ela "merecia descansar um pouco".

Brennand passou à condição de fantasma. Sete anos depois da cena da porta, ele desapareceria de vez. Eu tinha completado dezoito um mês antes, e esperava minha mãe para lhe dar a notícia de que passara no vestibular de jornalismo. Eram oito da noite, quando ela chegou amparada por dois policiais. Aturdido, levei-a até a cama. Minha mãe não respondia a minhas perguntas e, com a mão, pediu que eu saísse do quarto. Na sala, perguntei aos policiais o que ocorrera. Eles responderam que a encontraram dentro do carro parado no meio da rua, chorando copiosamente, sem conseguir dirigir. Um congestionamento se formara por causa da paralisia da minha mãe. A princípio, imaginaram que ela sofrera um assalto ou outra violência. A polícia e uma ambulância foram chamadas, mas ninguém a conseguia tirar daquele estado que oscilava entre o explicitamente histérico e o catatônico. A muito custo, ela dissera onde morava, antes de um médico dar-lhe um tranquilizante.

Depois que os policiais se foram, entrei no quarto da minha mãe. Ela dormia. Sem ninguém a quem dar a notícia de que passara no vestibular, saí de casa. Vaguei durante uma hora, mais ou menos. Cansado, entrei num bar e pedi uma cerveja. "Passei no vestibular", pensei em dizer ao rapaz que me atendeu. Mas isso teria sido ridículo.

No dia seguinte, ouvi a conversa telefônica em que minha mãe informava a uma amiga que Brennand a havia deixado, e como ela ficara descontrolada.

"Já vai tarde", murmurei.

Mais de uma década depois, ela morreu devastada pela hepatite B transmitida por Brennand. Os dois deviam fazer sexo ousado sem camisinha, e ele também foi vítima de sua própria promiscuidade. Senti um alívio semelhante ao do meu pai fujão, imagino. Terminado o enterro, sentei-me ao balcão do mesmo bar daquela noite longínqua, agora para comemorar, na minha solidão igualmente silenciosa, a morte da minha mãe.

10

Eu desejei a morte de Isabel, depois que rompemos e ela arrumou outro homem. O rompimento era justo, visto que eu não atendia à sua expectativa de casar, ter filhos e por aí vai. Não que eu deixasse de nutrir certa vontade de ser marido e pai, hoje tema dos meus sonhos esquecíveis, mas eu não tinha certeza a respeito dela. Além disso, minha hesitação foi se tornando uma fonte de prazer sádico para mim. Apesar de termos nos desligado amigavelmente, ver a minha Isabel ao lado de outro homem — daquele homem — foi intolerável, e eu quis que ela morresse. Quando o seu sofrimento começou, o homem que Isabel tomou para ser pai de seus filhos a abandonou. Para aplacar minhas culpas, voltei para escorá-la. Quer dizer, mais ou menos. Com sua degradação velocíssima, venci minha resistência ao divã — e conheci Lorenza.

Vou falar dela antes.

Um dos motivos para decidir-me por Lorenza fora a decoração de seu consultório. Não se tratava apenas do bom gosto que o ambiente revelava, embora seu contrário, o mau gosto, tivesse sido razão bastante para afugentar-me de outros psicanalistas com quem havia feito entrevistas antes de escolhê-la (e por ela ser escolhido, bem entendido, porque a via, nesse caso, é de mão dupla). O que me agradou, sobretudo, foi que Lorenza evidentemente montara o consultório com a preocupação de que fosse aconchegante tanto para o paciente quanto para ela própria. Ao longo do tempo, à conclusão inicial seguiram-se interpretações que a foram sedimentando. Entre elas, a de que o aconchego originava-se e traduzia-se circularmente em solidez. Nada de móveis claros e modernos, nem de quadros meramente decorativos, itens cambiáveis como os estados de espírito. O mobiliário, os objetos, as xilogravuras representando animais em extinção e as pinturas (havia duas, igualmente figurativas: uma que retratava uma mulher como se esboçada por um artista rupestre, dependurada na parede oposta à do divã, e uma reprodução em óleo de um vaso de flores de Derain, da qual era difícil o paciente desviar os olhos quando deitado) — tudo ali parecia ter um sentido fixo e preciso na história pessoal e profissional dela. Sentido que adquiria mais e mais robustez à medida que os anos passavam e a reputação da psicanalista com pós-graduação na França firmava-se. As mudanças eram sutis, a confirmar uma trajetória calculada. Restringiam-se ao desaparecimento e o aparecimento de um e outro objeto. Exemplo: depois de dois anos como seu paciente, o abajur anódino da mesinha aos pés do divã, sobre a qual ficava a reprodução do vaso de flores de Derain, foi trocado por uma delicada luminária Tiffany de cúpula ocre.

Os móveis eram de família, herdados de uma casa grande e confortável, como eu viria a saber. A poltrona bergère, de couro marrom, de onde ela escutava os pacientes irradiava uma aura paterna aos meus olhos — de um pai morto antes de ver a filha se tornar profissional respeitada. Assim como exibia a marca patriarcal a escrivaninha do início do século passado, em jacarandá, com uma fileira de livros na extremidade encostada à parede mais ao fundo, sobre a qual sempre havia um volume aberto, ladeado por bloco e caneta. Lorenza mantinha uma produção intelectual tão discreta quanto densa, publicada em revistas de psicanálise de circulação restrita além do usual, e eu aprendi a admirá-la também por causa de seus artigos. "Serei o seu 'Homem dos Ratos'", disse a Lorenza ao despedir-me ao final de uma sessão, em referência ao paciente freudiano eternizado em ensaio. Ela enrubesceu, porque, contou-me bem depois, havia escrito um artigo a respeito do meu vórtice de ressentimento e culpa — eu com nome falso, para variar — e o fizera circular somente entre os colegas mais próximos. Perguntei por que não me havia dito antes. Ela respondeu que, a princípio, por não desejar acirrar o meu narcisismo. Mas havia outra razão, até então recôndita: ela não queria expor-se no amor por um paciente que crismava, para sua alegria e realização, as suas interpretações. Nas sessões, eu despia meus sentimentos e lembranças despudoradamente, tal como era necessário, segundo Freud escrevera ao colega Pfister, em 1910, num trecho que Lorenza decorara feito poesia: "Ora, essas coisas psicanalíticas só são compreensíveis se forem relativamente completas e detalhadas, exatamente como a própria análise só funciona se o paciente descer das abstrações substitutivas até os ínfimos detalhes. Disso resulta que a discrição é incompatível com uma boa exposição sobre a psicanálise. É preciso ser sem escrúpulos, expor-se, arriscar-se, trair-se, comportar-se como o artista que compra tintas com o dinheiro da casa e queima os móveis para que o modelo não sinta frio. Sem alguma dessas ações criminosas, não se pode fazer nada direito."

Eu era um paciente apaixonante por entregar-me daquela forma. E, por todas as repercussões dessa entrega nela própria, tornei-me um homem apaixonante para Lorenza.

Desde o primeiro dia, eu me havia colocado na posição de sujeição requerida pela psicanálise: deitado no divã. O de Freud, "por si só um espetáculo", na definição de seu biógrafo mais célebre, era repleto de almofadas e contava com dois tapetes persas: um grande e valioso, que o recobria — um Shiraz, nome genérico dos tapetes produzidos no sul da então Pérsia, em lã superior —, e outro menor, que fazia as vezes de cobertor para os pés, no caso de o paciente sentir frio. O divã de Lorenza reproduzia com modéstia o do vienense: também contava com diversas almofadas, das quais as dispostas na parte central, encostadas à parede, serviam de apoio a um xale de seda escura, entre o azul e o verde — xale que, para além, ou aquém, da referência freudiana, servia para ajudar a esconder que o divã era uma cama de solteiro larga, em madeira escura. Eu fantasiava que, originalmente, aquela era a peça central do quarto de Lorenza na casa paterna — a que havia hospedado os primeiros devaneios dela e, quem sabe até, a sua primeira relação sexual. Cheguei a falar sobre isso numa das sessões, mas só obtive silêncio. Depois, ela contou que, de fato, ali havia sido desvirginada aos quinze anos, por um amigo de seu irmão mais velho.

O silêncio era a forma de a Lorenza terapeuta reagir às minhas provocações de paciente. Uma delas foi dizer que ela "adoraria ser uma Marie Bonaparte", a princesa psicanalista francesa que foi paciente e amiga íntima de Freud. Eu tinha a impressão de que, com o seu consultório, Lorenza quisera também criar uma bolha do tempo que evocasse o gabinete de Freud e a corte que por ali passara. Essa impressão foi reforçada na sessão em que notei o aparecimento de um novo objeto sobre sua escrivaninha: uma estatueta arcaica simbolizando a fertilidade, dessas com grandes seios e barriga prenha. Freud era um colecionador desse tipo de achado arqueológico e ganhava algumas delas de seus pacientes ricos. "Comprei por uma pechincha no mercado de Porta Portese", disse Lorenza, recém-chegada de Roma. Nunca achei nada de parecido no mercado de Porta Portese, mas não desisti da busca. Como a mulher Lorenza reagia às minhas provocações de homem? Não reagia.

Deitado no divã, ainda apenas como paciente, eu devaneava durante os silêncios. Um desses devaneios foi uma indagação: será que o percurso visual dos outros pacientes de Lorenza, ali supinos, era semelhante ao meu? E mais: seria possível a um psicanalista incluir no campo de visão do paciente objetos que, independentemente da história de cada um, pudessem despertar associações absolutamente individuais — incluir com esse fim específico? Haveria uma arquitetura de interiores que facilitasse a arquitetura psíquica a ser desenhada sessão após sessão? Aquele Derain, com o abajur Tiffany e a estatueta da fertilidade: poderia existir objetivo nessa composição que não correspondesse apenas aos impulsos inconscientes da própria Lorenza? Ainda que fosse factível um planejamento desses, que mistura psicanálise e terapia comportamental, jamais seria possível evitar interferências do acaso, esse deus ex-machina que também pode transformar o paciente em analista. A rachadura no teto que teimava em sobreviver às sucessivas pinturas do consultório de Lorenza: ela me fazia pensar se não havia fissuras numa vida aparentemente tão perfeita.

Havia, é claro. E eu me encarreguei de ser mais uma.

II

Você deve estar se sentindo longe do gueto romano, longe de Renata e Lady Gaga. Eu avisei que a volta seria enorme, e vou aumentar a distância ainda mais, esgrimindo um estilo mais floreado de modo a agradar a parte dos críticos que, ao privilegiar a linguagem, talvez julgue que a minha prosa andou pouco literária até o momento. Por que explicito o truque? Porque, assim, estou "desconstruindo a narrativa". A outra parte dos críticos, que privilegia a estrutura, adora que escritores "desconstruam a narrativa" — inclusive aqueles da classe econômica, como eu.

Espero que a zombaria continue a ser qualidade apreciável em ambos os lados. Espero que haja críticos para este livro, se livro vier a ser.

En garde.

A verdade, ou pelo menos uma delas, é que Lorenza encontrara em seu consultório um refúgio para a grande rachadura que fendia a sua vida: o alcoolismo do segundo marido. Ela se casara com Federico quase que imediatamente depois de separar-se de um economista de carreira fulgurante num grande banco de investimentos — união de duração curta, de um ano e meio, cujo combustível fora a solidão de ambos na França, onde uma estudava e outro aprendia a ganhar mais dinheiro. De volta ao país, ambos decidiram consensualmente pela separação, ao se declararem disponíveis para outros relacionamentos, um eufemismo para as traições dele e dela já bem delineadas no horizonte conjugal. "Aquele meu casamento foi como uma viagem de avião, em que você, para distrair-se do tédio e, ao mesmo tempo, enfrentar as turbulências ocasionais, aceita conversar com o estranho sentado na poltrona ao lado. A única diferença é que a nossa viagem durou um ano e meio. Quando chegamos ao destino, nos cumprimentamos cordialmente e cada um foi para o seu lado", comparou Lorenza.

Ela conhecera o segundo marido ainda casada, numa festa de psicólogos e filósofos — ou melhor, professores de filosofia que gastavam o dinheiro de bolsas públicas requentando o pensamento de europeus do século retrasado. Daquele barbudo fedorento, principalmente. Como a maioria de seus pares, Federico era um filho da burguesia que se convertera ao marxismo por má consciência de classe — o mesmo processo psicossocial que, há duzentos anos, fazia com que muitas moças de famílias ricas entrassem em conventos para servir a Deus e a seus pobres. Como todos os seguidores do barbudo fedorento, ele acercara-se do materialismo em busca de um sistema de crenças que desse ordem e sentido ao mundo, e também aos detalhes do mundo, que é onde todos habitam — busca até certo ponto exitosa, admita-se, pois nunca houve um pensamento que moldasse tanto as relações sentimentais, familiares e profissionais como o do barbudo fedorento. Lorenza, que como psicanalista freudiana séria não compartilhava das determinações dessa fé ideológica, amava Federico não por causa de suas convicções, expressas numa linguagem refinada que se distanciava na medida do possível dos clichês da doutrina. Amava-o, isso sim, pelo que nele existia de dúvida. Naquele monólito teórico, Lorenza descobrira desde o primeiro momento pequenos buracos pelos quais podia espiar um poeta atormentado e amparado na dureza do materialismo histórico. O poeta, aliás, publicara um livro, do próprio bolso, nos anos de graduação. "Niilismo execrável", afirmara ele sobre o opúsculo, antes de revelá-lo à namorada psicanalista e já sequioso da aprovação que viria a obter.

Na aurora do amor (inspirei-me em Homero; mais adiante aparecerá o contraponto "crepúsculo"), os dois alimentavam um embate em que a disputa ideológica nada mais era do que coreografia preliminar — um jogo gongórico em que as oposições eram afirmadas para reafirmar as convergências. "O homem é da forma como o mundo o enxerga", dizia Federico. "Da forma que enxerga o mundo, assim é o homem", devolvia Lorenza. "O homem é o lobo do homem. E o capitalista é o pior dos lobos", provocava ele. "O homem dos lobos foi seu próprio lobo. Dos lobos, o neurótico é o pior", respondia ela (não inventei essas frases).

A interromper o jogo que se afigurava permanente, eis que sobreveio o crepúsculo materialista e, por extensão, do amor. Explico. Fosse Federico um cínico ou cretino, teria continuado a recitar o mesmo credo, assim como tantos outros companheiros seus, depois da queda do Muro de Berlim. Mas o cinismo não lhe era máscara, a cretinice não lhe era defeito e o tormento lhe era essência, como adivinhara a mulher. Com a ruína do seu credo, que arrastou consigo todas as vertentes de esquerda, soviéticas ou não, os pequenos buracos transformaram-se em crateras, e de crateras se ampliaram em buracos negros, os quais devoravam tudo em seu redemoinho, inclusive o bem-estar conjugal. Agora, o que Lorenza antes enxergara de amável era detestável e, pior, temível. Certa vez, completamente embriagado, Federico quase se imolou numa pira de livros marxistas, acendida no quintal de casa após a revelação feita por um estudioso britânico em visita ao país: o barbudo fedorento e o ricaço do qual se aproveitava haviam falsificado dados sobre as condições de vida do proletariado inglês do início do século XIX, a fim de arredondar as teses que andavam montando.

Lorenza tentara de tudo com ele — encaminhara-o à psicanálise, a associações de recuperação de alcoólatras, e, como último recurso, procurara a ajuda de um padre (quem sabe não se tratava de substituir uma religião por outra?). Nada dera certo.

Eu, sem namorada, com uma ex à beira da morte e uma extensa lista de serviços prestados (e a prestar) à psicanálise; ela, com um marido problemático havia mais de duas décadas e um paciente rendido às artes do divã. Enredados em nossas fragilidades, e atraídos pelas possibilidades que elas nos abriam, deixamo-nos levar por transferências e contratransferências perigosas. Atingimos um ponto de não retorno na sessão em que, em resposta a um comentário meu sobre minhas origens romanas, Lorenza cometeu um passo em falso ao contar que havia sonhado ser a modelo usada por Bernini para a sua Santa Teresa orgástica (vou facilitar para você: a escultura pode ser apreciada na igreja de Santa Maria della Vittoria, aqui em Roma).

— E eu seria o anjo de cuja flecha Santa Teresa antecipa o gozo? — perguntei (dei uma rebuscada com o uso do pronome relativo).

Ela não respondeu. Levantei-me do divã e plantei-me à sua frente. Lorenza arfava, ruborizada.

— Melhor você voltar para o divã, eu...

Ajoelhei-me, coloquei a cabeça no seu colo e disse que a amava. Lorenza correspondeu à minha declaração patética com uma carícia na minha cabeça. Beijei-a, beijamo-nos. Na primeira vez, tivemos o pudor de não usar o divã para o sexo. Foi no chão. Nas vezes seguintes, o anjo e Santa Teresa perderam o respeito pelo altar freudiano.

Começamos dando vazão ao desejo nos meus três horários semanais. Não demoramos a ampliar para todos os dias, à exceção de sábados e domingos. Eu continuei pagando-a por dois meses, porque, afinal de contas, as nossas conversas, depois do sexo, continuavam a ser psicanalíticas, embora com menos roupa. Ela, contudo, entrou em crise e passou a recusar o dinheiro. "Não sou puta", dizia. "É claro que não, meu amor", eu respondia. Deixei de pagá-la. Foi um erro. Acho que, se tivesse continuado a pagar, usando de argumentos sensatos — como o de que, apesar de nosso amor, ela continuava me ajudando a mitigar a culpa neurótico-obsessiva que sentia em relação a Isabel (mitigar, não cancelar) —, nossa história não teria chegado a um final tão drástico quanto lacônico. Isabel mal havia morrido, Santa Teresa me comunicou por telefone que tivera uma conversa com sua supervisora e concluíra que "não poderia mais me prestar seus serviços profissionais, para benefício de ambos". Não me deu chance de argumentar, e nunca mais respondeu aos meus chamados. Também colocou um segurança à entrada do seu prédio, para evitar que eu tentasse adentrar a portaria ou a abordasse quando estivesse entrando ou saindo da garagem. Desorientado como minha mãe, em diversas ocasiões fiquei paralisado à direção do carro, no meio do trânsito. Era levado por desconhecidos ou policiais para a casa de colegas do jornal ou para hospitais, onde me davam ansiolíticos e era mantido em repouso por três, quatro horas, antes de ser liberado, com a recomendação de que procurasse um psiquiatra.

Lorenza também me deixara órfão. Assim como em relação a minha mãe, eu não a perdoei. Mas cobrei a dívida. A vingança concretizou-se depois de eu escrever o diálogo imaginário entre ela e sua supervisora. Aquele trabalho me libertou. Nada de blow job.

Transcrevo o diálogo:

— Estou desnorteada, envergonhada.

— ...

— Cometi um erro tremendo.

— ...

— ...

— Você me paga para ser sua supervisora. O meu trabalho é estar ao seu lado para corrigir rumos e, no limite, minorar os efeitos deletérios dos erros tremendos.

— ...

— ...

— O meu paciente de manual, aquele sobre o qual escrevi um artigo...

— O neurótico obsessivo que tem uma ex-namorada doente, que é judeu sem ser judeu etc.

— Sim.

— O que houve?

— ...

— ...

— Estou tendo um caso com ele há quatro meses.

— O quê!?

— Eu sei, devia ter dito no começo, mas estava sem coragem, sei lá...

— Muito grave, Lorenza, inacreditável! Você faltou com a ética, mostrou descompromisso com sua atividade... Você tem dimensão do erro que cometeu!? O que você quis com isso: autodestruir-se!?

— Outros analistas também tiveram casos com pacientes, alguns chegaram até a casar-se com eles...

— Um erro não faz dois...

— ...

— ...

— Por que você acha que estou neste estado? Sei que não serve como atenuante, mas os problemas com Federico...

— Não ouse, Lorenza! Não uma profissional como você!

— Tenho o direito de desabafar! Sei que não posso culpar Federico pelo meu erro, e que talvez não haja perdão para o que fiz, mas os escândalos de bebedeira, encontrar meu marido em casa sem fazer nada, sempre grogue... Eu não contei a você: de uns tempos para cá, comecei a notar o sumiço de joias e outros objetos valiosos lá de casa. Ele os vendeu, e consumiu todo o dinheiro em bebida para si e os desocupados com os quais convive. Salvei um abajur Tiffany, que agora está no meu consultório. O que restou das joias, coloquei num banco. Meu Deus, como posso manter o prumo desse jeito?

— ...

— ...

— Dispense seu amante imediatamente.

— Mas eu...

— Não vá me dizer que o ama. Conheço analistas que caíram nessa armadilha e nunca mais se recuperaram. Perderam o respeito profissional e pessoal, mesmo que tenham manobrado para evitar a cassação de seu registro.

— Não, claro que não o amo, foi uma contratransferência.

— ...

— Tenho medo do que ele possa fazer.

— Com você ou consigo próprio?

— Comigo... e com ele.

— Mas você não pensou nisso na hora de fazer o que fez. Portanto...

— Não, não pensei... O que você quer, um meaculpa? Estou fazendo: sou culpada, inteiramente culpada! Satisfeita?

— Você vai dispensá-lo já, e entrar em análise; não comigo, mas com outro profissional a ser indicado por mim. Se não aceitar essa solução, serei obrigada a denunciá-la ao Conselho Regional.

— ...

— Pegar ou largar.

— E se ele afundar de uma vez?

— A sua irresponsabilidade inclui estar consciente dessa possibilidade o tempo todo.

— ...

— Por último: você terá de parar de trabalhar por algum tempo, até que o seu analista e eu cheguemos à conclusão de que está pronta a clinicar novamente.

— Minha vida acabou...

— Ainda não, siga o meu roteiro e você sobreviverá como profissional. Invente uma desculpa para seus pacientes. Diga que ganhou um bolsa de estudos e terá de ficar fora pelos próximos seis meses. Os casos mais urgentes devem ser distribuídos entre outros profissionais. Espero que sua reserva financeira seja grande o suficiente para aguentar o tranco.

Ao escrever esse diálogo imaginário, mas provável, dei-me conta de como fui usado por Lorenza, e a raiva substituiu o sentimento de orfandade. Eu o reli várias vezes, a fim de aumentar minha indignação, e na manhã seguinte endereçei uma denúncia ao Conselho Regional de Psicologia. Acolhida, resultou na formação de uma comissão investigatória à qual prestei depoimentos individuais, assim como Lorenza. Fomos acareados na sequência. Acusei-a, olho no olho, de manipulação. Inventei que havia tentado o suicídio por ter sido abandonado. Explorei todas as minhas questões pessoais de maneira desavergonhada. Lorenza permaneceu em silêncio. Ameaçada de cassação de seu registro profissional, Santa Teresa pediu desculpas ao anjo, perante a comissão, e conseguiu trocar a pena máxima pela suspensão de um ano. Ameaçada de processo pelo meu advogado, seu representante legal concordou em me dar um cala-boca equivalente a cinquenta mil dólares.

Lorenza tentou esconder a confusão de Federico. Mas eu fiz questão de colocá-lo a par, por meio de um e-mail anônimo. Ele pediu a separação. Não sei o que foi feito de Federico, mas minha mensagem não foi uma vingança contra Lorenza. Foi um ato derradeiro de amor. E eu não contei tudo o que eu sabia sobre suas contravenções.

12

Isabel era amiga de Saulo desde a adolescência, o que torna ainda mais estranho o fato de ela ter caído na conversa dele depois que terminamos. Saulo foi o homem que se apresentou a Isabel como o futuro marido perfeito. E que a abandonou quando apareceram os primeiros sintomas da doença que a mataria. Não comecei a tomar antidepressivo ao saber que estavam juntos, e nem ao ser informado de que ela estava doente e só. Fui à casa dele e lhe dei um murro.

— Este murro — disse a Saulo, estatelado no chão — não é porque você é um calhorda que abandonou uma mulher doente. É porque você é um calhorda que se aproximou dela para recolher dados sobre mim e, assim, escrever seu livro banal sobre a minha história banal. Ficou claríssimo para mim. Mas Isabel o desconcertou, não é? A tragédia dela superou a banalidade que você esperava transcrever em seu romance estúpido. Além de não ter coragem para assistir de perto à morte gradual de Isabel, você percebeu que não tinha talento para relatar o que estava por vir. Você não passa de um exibicionista mnemônico de quinta categoria. Tentei ser amigo ao dizer que você era um artiste manqué, mas você não passa de um animal inútil. Um animal que não entende que mesmo a tragédia que se abateu sobre Isabel é banal. Porque a existência é banal, Saulo, e a sua é de uma banalidade repugnante.

Chutei suas costelas e fui embora. Seis meses mais tarde, estava no divã de Lorenza. As sessões iniciais de psicanálise costumam ser de desafogo. Nessa fase, o analista tem de se comportar como alguém que se vê obrigado a atravessar, de pés descalços, um tapete de brasas, para tentar chegar incólume ao terreno frio das interpretações possíveis. Um ano depois da primeira sessão, brasas transformadas em carvão frio, lembrei-me de Sibylle Lacan. Eu e Lorenza havíamos nos tornado amantes não havia muito.

— Você conhece a história da filha de Lacan?

— Qual filha: Judith, Caroline ou Sibylle?

— Sibylle.

— Conheço.

— ...

— Por que o interesse?

— O Saulo fez referência a ela...

— ...

— ...quando disse que escreveria um livro sobre mim, como já lhe contei, mas que a minha história era bem mais banal do que a de Sibylle. Eu, então, fingi que conhecia a filha de Lacan.

— Fingiu.

— Sim, fingi, porque não queria mostrar minha ignorância. Algum problema nisso?

— ...

— Já sei, no seu silêncio está embutida a pergunta: "Por que você não queria mostrar sua ignorância?" A resposta é: porque o Saulo poderia fazer ironia da minha ignorância. Saco...

— Mas você disse que ele era um sujeito que, com os amigos, não usava a cultura como arma.

— ...

— ...

— Você não vai falar mais nada?

— Por que a história de Sibylle Lacan lhe veio à cabeça?

— Não sei.

— ...

— Você poderia tentar descobrir?

— Por que a filha de Lacan surgiu nessa conversa sua com Saulo?

— ...

— ...

— Saco.

— ...

— Odeio seus silêncios.

— Hoje, você chegou me odiando.

— Alguns pagam para amar. Eu pago para odiar, pelo menos na condição de paciente.

— ...

— O Saulo disse que minha história era banal, não se comparava à dessa Sibylle.

— Assim, do nada?

— Ele queria escrever um livro sobre a minha vida, esqueceu?

— ...

— Lorenza, você está aí?

— Estou.

— ...

— Você está irritado porque Saulo disse que sua história não se comparava à de Sibylle?

— ...

— ...

— Não estou entendendo.

— Será que não? Certamente não é fácil ouvir de um amigo a quem se fez confidências que ele as usará para escrever um livro e, desse modo, as tornará públicas. Se não é fácil para ninguém, ainda é mais difícil para alguém como você: além de jornalista e escritor, um homem fechado, reticente, com dificuldades imensas para fazer amizades. Entendo que você tenha se sentido traído, e o foi duplamente, depois de ele ter-se aproximado amorosamente de Isabel e tudo o mais. O que me chama a atenção, porém, é que você começou esta sessão perguntando a respeito da história de Sibylle Lacan.

— ...

122

— Saulo disse que a história de Sibylle não era tão banal quanto a sua. Pois bem, o fato de seu interesse pela filha de Lacan ter-se manifestado, aqui, me leva a crer que o que o incomoda é saber que "essa Sibylle" pode ter uma biografia mais original do que a sua.

— Só porque ela é filha de Lacan, isso não significa que sua vida seja menos banal do que a minha.

— Olhe só você tentando "salvar" a sua própria história. Não importa a opinião de Saulo ou de quem quer que seja. O que vem ao caso, para nós, é verificar que você ficou irritado — está irritado — porque a sua vida pode soar pouco ou nada original. Sabe por quê? Porque isso o retira daquele altar de sacrifício único, de ressonâncias bíblicas, em que você sempre se colocou. Aliás, essa é uma imagem sua, lembra-se? A do cordeiro imolado perante seu pai ausente e sua mãe maluca.

— E daí?

— E daí que, ao retirá-lo desse altar, colocando sua história no mesmo plano de milhões de outras, no terreno da banalidade, Saulo lancetou o seu narcisismo. Eis o motivo de sua irritação.

— O meu narcisismo: você sempre termina no mesmo ponto. De vez em quando, não dá para variar?

— A minha função, como psicanalista, não é ser original. Aliás, até esta sua raiva de mim está prevista nos manuais.

— ...

— ...

— Talvez a sua falta de originalidade seja fruto da mediocridade, e não da técnica psicanalítica.

— ...

— Lacan era psicanalista e quis ser original.

— Pois é, e deu no que deu.

— Sibylle?

— Não, em todos esses picaretas que hoje falam em nome dele.

— E não é que a "Senhora Divã Gelado" deu uma escorregada? Gostei de ouvir o desabafo: "Picaretas". Você parece nervosa...

— ...

— É impressionante como vocês, psicanalistas de linhas diferentes, odeiam-se uns aos outros. Todos divididos entre aqueles que querem ser reconhecidos como os verdadeiros herdeiros de Freud e os que acreditam tê-lo suplantado: "Papai me aprovaria"; "Papai me daria dez" ou "Sou mais do que papai"; "Papai estava errado, eu estou certo"... A "Senhora Divã Gelado" quer ser herdeira de Freud. E pensar que, no final, não importa a linha, o máximo que vocês conseguem é "retirar o paciente da miséria neurótica e colocá-lo diante da infelicidade do mundo". Francamente...

— ...

— Desculpe.

— ...

— Você não vai contar o que sabe sobre ela?

— O que você sabe sobre Lacan?

— Tempo lógico, equações estrambóticas para explicar o processo psíquico, tentativa de estabelecer uma gramática do inconsciente, os seminários impenetráveis, "a mulher não existe", "a relação sexual não existe"... Essas duas frases, o que significam mesmo?

— É complicado explicar.

— Tente.

— Para Lacan, não existe "a mulher", e sim "as mulheres". Isso porque a identidade feminina é construída a partir de um referencial de libido que é masculino, fálico... e único. Assim sendo, a identidade feminina não pode ser considerada um conceito fundador, por assim dizer. Quanto à segunda frase, tem a ver com a primeira: na visão de Lacan, é impossível haver uma "relação sexual", porque no ato em si não há troca nenhuma. Afinal de contas, só existe um sexo como referência.

— O masculino...

— O masculino, claro.

— ...

— ...

— Li sobre Lacan antes de começar a fazer análise, assim como procurei me informar sobre Freud, Jung... Não queria chegar totalmente indefeso ao divã de um psicanalista, seria facilitar muito a vida dele... A sua vida. Por que eu a escolhi? Talvez por causa deste divã quentinho e acolhedor... Brincadeira: gostei da maneira como você consegue suavizar a linha justa freudiana.

— ...

— ...

— E sobre a história familiar de Lacan, você tem alguma informação?

— Nada.

— Para entender melhor a filha, é preciso conhecer um pouco dessa história. Bom, nosso tempo acabou.

— Como assim?

— Você chegou muito atrasado.

— Sibylle...

— Procure na internet.

— Odeio.

— Vou deixar o livro dela aqui no consultório.

— Sibylle escreveu um livro?

— Seu amigo Saulo deve ter lido. O título é *Un Père, Um Pai*. Você lê francês?

— Leio.

— Mande pegar o livro daqui a dois dias. Haverá também um resumo da história pessoal de Lacan.

— De sua autoria?

— Não, de um jornalista meio ácido, mas fiel aos fatos.

— Preguiçosa.

— ...

13

Sentado à mesa de jantar, abri o envelope com o resumo biográfico de Jacques Lacan e o livro de Sibylle — uma edição de bolso que trazia estampada a foto da autora. A legenda da contracapa dizia que, na ocasião em que o retrato fora feito, ela contava dezesseis anos. Mas os traços de uma delicadeza infantil e o cabelo curto, ao estilo joãozinho, subtraíam-lhe ao menos seis. Havia mais uma desarmonia ali: a expressão madura de Sibylle. O semblante não era triste, mas severo, o olhar emoldurado pelo cenho um pouco franzido e fixado, ao que tudo indicava, em um ponto inexistente. Entre a aparência infantil e a expressão madura, Sibylle parecia viver a juventude como vácuo, suspensão. Teria sido assim de verdade? Veio-me à memória, então, a minha própria sisudez de menino: a forma encontrada para enfrentar o desamparo familiar e que acabara por tornar-me tão discrepante em relação aos meus coetâneos.

Hesitei entre começar pelo livro de Sibylle e o resumo da vida do pai dela. Decidi seguir a cronologia:

O francês Jacques-Marie Lacan, morto aos 80 anos em 1981, foi uma espécie de playboy da psicanálise. Era mulherengo — levou várias de suas pacientes a pularem do divã para a sua cama —; na meia-idade circulava num Porsche por Paris; gostava de usar gravatas de cores vivas (correspondência perfeita com a sua personalidade esfuziante); não tinha pudores de exibir seu apego ao dinheiro. Preferia receber em espécie, consulta a consulta, e conservava um maço de notas graúdas em cima de sua mesa de trabalho, bem à vista dos clientes, como a lembrá-los de que as transferências ali também eram monetárias. Lacan tinha dificuldade para escrever de forma límpida. Boa parte de seus ensaios permanece cheio de pontos indecifráveis, que deram margem a uma hermenêutica no mais das vezes oportunista. Os mais obscuros são aqueles datados da última década de sua vida, quando ele lutava contra uma afasia parcial. Um dos seus maiores méritos foi o de dar à teoria freudiana um arcabouço filosófico. Lacan também procurou estudar o inconsciente por meio de um modelo linguístico, e não biológico. Ele queria ser um continuador de Freud — e de fato o foi no conjunto da obra —, mas subverteu muitos aspectos da técnica criada pelo austríaco. Entre os quais, a duração de cada sessão. O criador da psicanálise determinou que elas deveriam ter entre quarenta e cinquenta minutos. Mas as de Lacan poderiam durar bem menos do que isso, graças à introdução do conceito de "tempo lógico", criado por ele. De acordo com Lacan, na manifestação de uma associação ou transferência significativas, o psicanalista devia interromper a sessão imediata-

mente. Dessa forma, indicaria ao paciente que ali estava a chave para que ocorresse um salto qualitativo no processo de análise.

Lacan mudou-se no início de 1941 para o endereço que hoje exibe uma placa histórica, colocada pela prefeitura de Paris: rue de Lille, número 5, no bairro de Saint-German, a poucos quarteirões da estação ferroviária que se tornaria o Museu d'Orsay. Foi lá que ele morou e atendeu até a sua morte. Em 1943, Sylvia Maklès-Bataille instalou-se no número 3 da mesma rua, juntamente com suas duas filhas, Laurence e Judith. O pai da primeira era o escritor Georges Bataille. O da segunda era Lacan. Ele e Sylvia iniciaram seu relacionamento amoroso em 1937, quando ainda viviam com seus respectivos cônjuges — Lacan se separaria formalmente de Marie-Louise Blondin, com quem teve três filhos, Caroline, Thibaut e Sibylle, no final de 1941; Sylvia, por sua vez, se divorciaria de Bataille apenas em 1946. Ambos se casaram em 1953.

Marie-Louise estava grávida de oito meses quando Lacan comunicou-lhe que Sylvia também esperava uma criança sua. O anúncio, que colocou um ponto final à vida dupla do psicanalista, fez com que Marie-Louise entrasse numa grave crise de depressão — e foi em meio à depressão causada pelo rompimento traumático que ela deu à luz Sibylle, em novembro de 1940. Em julho do ano seguinte nasceu Judith. Em sua autobiografia, Sibylle escreveu: "Quando eu nasci, meu pai já não es-

tava. Eu poderia mesmo dizer que, quando fui concebida, meu pai já estava em outro lugar, não vivia mais verdadeiramente com minha mãe. Um reencontro no campo, entre marido e mulher, quando tudo já estava terminado, está na origem do meu nascimento. Eu sou o fruto do desespero, alguns dirão do desejo, mas eu não acredito nisso."

A pedido de Marie-Louise, que se envergonhava daquela situação familiar sujeita à execração social nos idos dos anos 40 e 50 do século XX, Lacan concordou em não dizer a Caroline, Thibaut e Sibylle que vivia com outra mulher e com ela havia tido outra filha, Judith (esta, inclusive, recebeu ao nascer o sobrenome Bataille, visto que sua mãe não havia ainda se separado do primeiro marido. Somente em 1964 Judith passou a assinar o sobrenome de seu verdadeiro pai). Até mesmo o fato de o casal ter-se divorciado formalmente não era do conhecimento dos filhos de Marie-Louise. O segredo sobre a segunda família de Lacan perdurou até Sibylle completar dezessete anos e, ao ser revelado, deixou, como era de se esperar, sequelas emocionais indeléveis em todos os envolvidos. Sibylle e Judith, principalmente, passaram a nutrir uma rivalidade feroz uma pela outra. Rivalidade que se acirrou depois da morte de Lacan, quando Judith, que se tornaria psicanalista, apossou-se do legado intelectual do pai, ao lado de seu marido, Jacques-Alain Miller, discípulo do sogro.

A obra de Lacan...

Fiz uma leitura em diagonal das páginas finais do resumo. As explicações sobre os principais conceitos lacanianos, bem como o relato das peripécias de Lacan nas diversas sociedades psicanalíticas francesas, de suas amizades com filósofos eminentes e de sua análise dos discos voadores como um mito moderno, não me interessaram. Eu queria chegar a Sibylle — e, depois de perscrutar mais uma vez a foto na capa do livro ("Dezesseis anos, um pouco antes de lhe ser revelada a outra família do pai"), mergulhei no livro autobiográfico que ela havia escrito, *Un Père*.

As cento e poucas páginas consumiram uma hora e meia de leitura. Sibylle não havia escrito uma biografia no sentido tradicional, e sim feito uma colagem de lembranças que remontavam da infância ao início da vida adulta. Ela buscara depurar o seu relato de demonstrações de rancor filial, para que restasse tão somente o espanto pela peculiaridade de sua condição familiar e pela figura que a engendrara — seu pai. Ou "um pai", como dizia o título, em que o artigo indefinido parecia conotar a tentativa de colocar Lacan e a si própria no âmbito do que é ordinário, ou pelo menos o mais próximo disso. Quem sabe retirar a especialidade de seu pai não representou uma pacificação para Sibylle? O seu único e possível ato de amor por ele?

Animado com minha capacidade de especulação psicológica (Lorenza já me havia fornecido ferramentas), continuei a análise. Ao que tudo indicava, havia também um outro sentido nesse trabalho de dessacralização da figura paterna: o de subtraí-la da esfera de Judith — que, ao lado do marido, se assenhoreara da obra de Lacan e se encarregara de manter brilhante a aura em torno do psicanalista. Sibylle, era óbvio, ao mesmo tempo que procurara solapar o rancor de filha, fazia questão de exibir sem pudores o ressentimento em relação à meia-irmã que lhe era antagonista em tudo. E, provavelmente, havia uma conexão forçosa entre as duas atitudes. Judith havia adquirido também as feições de objeto de transferência. Tornara-se o receptáculo do ódio de Sibylle, inclusive do nutrido por Lacan.

O seu era um rancor em camadas. Judith era odiosa por razões de cronologia: Lacan trocara a gravidez da mãe de Sibylle pela da mãe dela. Era odiosa por razões de afeto paternal: Lacan, que dedicara a Sibylle uma atenção parcial em termos de horários e entrega, havia sido pai em tempo integral de Judith. Era odiosa por razões de personalidade: enquanto Sibylle se mostrava insegura e deprimida, consequências do seu desamparo, a meia-irmã esbanjava autoconfiança e seduzia todos à sua volta, para orgulho do pai. Era odiosa por razões de herança: apropriara-se do legado intelectual e sentimental de Lacan.

Traduzi cinco trechos do livro de Sibylle, em vez de parafraseá-los. Além de ficar mais vívido, dá menos trabalho (Gaa-Gaa):

1) Foi por ocasião do casamento de minha irmã mais velha — eu tinha então dezessete anos — que soube da existência de Judith, menos de um ano mais nova que eu. Mamãe nos havia escondido esse fato, porque, explicou, nosso pai não se havia "casado". Na época era assim. Mas outros rancores, outros sofrimentos deviam igualmente ter motivado esse silêncio. Judith, disse meu pai, deveria assistir ao casamento de sua irmã. Mamãe cedeu.

Essa notícia me perturbou. Eu tinha uma outra irmã e estava ansiosa para conhecê-la.

O futuro me reservava muitas desilusões...

2) Eu passei duas vezes férias com meu pai. A primeira em Saint-Tropez, a segunda na Itália, à beira-mar, não me lembro mais o lugar. Judith estava em Saint-Tropez. Ela me fez sentir toda a minha mediocridade. Uma lembrança alucinante é a visão de meu pai e de Judith dançando como dois amantes em um baile popular de Ramatuelle. Mas em que mundo eu havia caído? Um pai não era um pai? Na Itália, ela veio nos encontrar, depois de uma viagem à Grécia com colegas de faculdade, todos eles, aparentemente, apaixonados por ela. Muitos haviam sido excluídos em Atenas, só os eleitos restaram. Meu pai estava muito orgulhoso dessa história. A mim, nenhuma confidência. Ela era a rainha. Eu já havia visitado a Grécia? Tinha pretendentes? Naquele verão, pela primeira vez, eu caí misteriosamente doente: um esgotamento geral, uma terrível perturbação. Para me tranquilizar, culpei o calor. Quando voltei a Paris, tudo voltou a seu lugar.

3) Em abril de 1962 — eu tinha então vinte e um anos —, caí doente. Tudo levava a crer que se tratava de uma gripe e a coisa foi tratada como tal. Fiquei de cama quase uma semana, a febre desapareceu e declararam-me curada. Mas os outros sintomas persistiram: um imenso cansaço físico — eu tinha necessidade de doze horas de sono — e intelectual: eu mal conseguia seguir minhas aulas e tinha mais dificuldade ainda de memorizá-las. Do despertar ao adormecer, uma sensação insuportável de ter algodão dentro da cabeça. Eu não conseguia mais ler. Em resumo, não tinha mais nenhuma energia. Só me restava a vontade de sarar. Fui a vários médicos — generalistas e especialistas — e fiz vários exames. Não se achou nada. Ainda assim, consegui acabar meus estudos, como uma sonâmbula.

4) Na minha lembrança, foi mamãe quem teve a ideia de recorrer à ajuda de meu pai. O encontro foi marcado para tal dia, a tal hora, rue Jadin. Eu ansiava enormemente por essa entrevista. Se todos aqueles médicos estúpidos não puderam me curar, quem mais senão meu pai — esse eminente psicanalista do qual eu não colocava em dúvida a genialidade — podia me entender, me salvar?

Eu me vejo no terraço à hora combinada, para espiar a chegada de meu pai. O tempo passava e ele nada. Minha impaciência crescia. Como é que ele podia ter-se atrasado tanto?

A rue Jadin é muito curta. A poucos metros de nossa casa havia um prostíbulo, discreto, frequentado por gen-

te "chique". Do meu posto de observação, eu vi de repente uma mulher sair daquele lugar a passos rápidos. Poucos segundos depois, um homem saiu por seu turno. Com espanto, reconheci meu pai.

Como é que ele pôde me impor esse suplício para satisfazer antes o seu desejo? Como é que ousou vir fornicar na rue Jadin a dois passos da casa de seus filhos e de sua ex-mulher? Entrei em casa indignada.

5) Nas minhas lembranças mais distantes, eu sempre vi no consultório de meu pai, dominante sobre a lareira, uma grande fotografia de Judith. Essa foto em preto e branco, muito bonita, mostrava Judith mocinha, sentada, vestida comportadamente — pulôver e saia reta —, seus longos cabelos negros e lisos penteados para trás de maneira a deixar a testa à mostra.

O que me impressionou de imediato quando entrei pela primeira vez no consultório foi a semelhança com papai. Como ele, Judith possuía um rosto oval, os cabelos negros e o nariz comprido (meus cabelos são castanho-claros, tenho o nariz arrebitado, o rosto triangular e as bochechas salientes). O que me impressionou em seguida foi a sua beleza, a inteligência da expressão, a elegância da pose.

Sobre a peça, nenhuma outra foto.

A seus pacientes, a nós, a mim, por mais de vinte anos, meu pai parecia dizer: Eis minha filha, eis minha única filha, eis minha filha querida.

Un Père traz, ainda, outras três passagens que me impressionaram. Aquela na qual Sibylle diz ter ficado furiosa porque flagrara o pai admirando sua nudez juvenil enquanto ela tomava banho; o capítulo em que acusa Judith de ter mandado a secretária de Lacan omitir-lhe o nome do hospital onde ele seria internado pela última vez, bem como a gravidade da situação que o levaria à morte — impedindo, desse modo, que Sibylle se despedisse do pai —; e, já no final do livro, a parte em que a autora, muitos anos depois da morte de Lacan, vai sozinha ao cemitério de Guitrancourt e, com uma das mãos sobre a pedra gélida de seu túmulo, diz que o ama, que ele é seu pai.

Saulo tinha razão: a história de Sibylle era mais original do que a minha. Ou seja, pior. Melhor ter um pai fraco e ausente do que um pai forte que se ausenta estando presente. Mas, assim como Sibylle, eu seria capaz de perdoar meu pai? Só vim a descobrir a resposta aqui em Roma. Sibylle seria minha Sibila — Sibila Cumana, minha favorita entre as Sibilas. Muito além das racionalizações psicanalíticas que tiveram apenas efeito paliativo sobre mim, a história da filha de Lacan iria adquirir a dimensão de vaticínio, decifração. Não escritos sobre folhas de palmeira, como as predições de Sibila Cumana, mas colhidos entre os monumentos e as ruínas da minha cidade de adoção. Tantos anos para saber a pergunta a ser feita... E a verdade mais oculta foi aquela que se apresentava mais clara, ofuscante, a boiar na superfície, como disse Renata. Vou recorrer a Dante, para falar dessa dificuldade de compreensão.

Così la neve al sol si disigilla
così al vento ne le foglie levi
sì perdea la sentenza di Sibilla.

Michelangelo retratou Sibila Cumana na Capela Sistina como uma velha de ombros e braços fortes. E ao admirar o afresco pela enésima vez foi que me ocorreu como eu ainda cultivava uma ilusão infantil sobre a qual falarei mais à frente. Agora, limito-me a dizer que Michelangelo contrariou a lenda, ao menos no plano literal, ao emprestar a Sibila Cumana músculos hipertrofiados na velhice. Sacerdotisa do oráculo de Apolo, ela pediu ao deus greco-romano — que se apaixonou pela profetisa — tantos anos de vida quanto os grãos de areia que poderia apertar em suas mãos. Apolo lhe concedeu a realização do desejo, mas, como Sibila Cumana havia esquecido de lhe pedir a eterna juventude, ela foi se tornando tão carcomida com o passar dos anos que seu corpo se reduziu ao tamanho do de uma cigarra. A fim de proteger essa criatura frágil, colocaram-na em uma gaiola, onde ela definhou até sobrar tão somente sua voz sibilante, eterna. Sybille Lacan seria uma voz sibilante, entreouvida também entre os plátanos do Lungotevere.

O som do telefone me arrebatou de *Un Père* e dos pensamentos adjacentes. "Ela está mais nervosa do que nunca. Por favor, não demore", disse a voz feminina do outro lado da linha.

Arrastei-me até o carro. Ver Isabel era como colocar a mão sobre a pedra gélida de seu túmulo, só que ela não estava morta.

14

A voz era de Rosária, empregada de Isabel. Eu não gostava dela. Sabia-a dissimulada e desonesta. O desaparecimento, sem explicação plausível, de um anel de brilhantes que eu havia dado a Isabel, e que ela usava como aliança mesmo depois que nos separamos, era obra de Rosária. Estava claro também o furto de parte do dinheiro destinado à administração da casa. Sinal disso é que não havia mais tantas frutas e verduras na geladeira vez por outra inspecionada por mim. Os pais de Isabel, no entanto, fingiam confiar nela. Encontraram em Rosária uma saída para não assistirem de perto a filha visitada uma vez por mês — e isso incluía fazer vista grossa aos malfeitos da serviçal. Eu até me perguntava se os roubos não eram racionalizados pelo casal como um complemento de remuneração. Afinal de contas, não era difícil trancar as joias de Isabel em um cofre de banco e controlar os gastos domésticos a cargo de Rosária (vim a saber depois que os pais de Isabel haviam, sim, recolhido a maior parte das joias da filha: as peças mais valiosas, de família, não as mais baratas, dadas por mim, jornalista borra-botas).

Indiferente ao que pensavam dela — pensamentos que, vez por outra, transpiravam por falas minhas e das raras amigas que ainda visitavam Isabel —, a empregada reinava. Havia até acrescentado à decoração elegante do apartamento de Isabel almofadas de crochê e objetos comprados em lojas baratas, como um vaso de louça com flores de plástico e suportes de vidro para velas aromáticas. Questionada por mim sobre tais acréscimos, ela respondeu que quis tornar o ambiente "mais acolhedor" e, cínica, afirmou ter contado com o aval da dona da casa. Intervenções desse tipo não encobriam o fato de que Rosária descuidara do essencial. A casa, antes um primor de ordem e limpeza, estava suja, com tapetes que recendiam a pó, cantos de pias enegrecidos e uma camada de gordura sobre os azulejos da cozinha. A pintura, de uma forma geral, também necessitava de reparos, embora esse tipo de zelo não fosse propriamente uma atribuição de Rosária.

Eu disse que a empregada era indiferente às opiniões a seu respeito, mas essa indiferença era aparente, também fazia parte de sua dissimulação. Era-lhe mais proveitoso dessa forma. Ela alimentava um preconceito classista, mas de sinal inverso. E, em relação a mim e aos pais de Isabel, somava-se a raiva pessoal — julgava que, se não houvéssemos abandonado a doente, seu fardo seria mais leve. Mais do que "complemento de salário", portanto, Rosária acreditava que os furtos eram pagamento de uma dívida para com ela — da humanidade, em geral, e daquele arremedo de família, em particular. E a justificativa servia-lhe como aditivo para a inclinação delituosa.

Isabel era testemunha dos ilícitos da empregada, que aos poucos foi deixando de preocupar-se em esconder-lhe sua sanha. Quando Rosária tirou-lhe o anel de brilhantes do dedo, o pretexto foi de que a peça precisava de limpeza. Ainda capaz de articular algumas palavras, Isabel conseguiu transmitir o pedido de que a joia de estimação lhe fosse devolvida o quanto antes. Dias depois, pediu-me que falasse com Rosária. "O anel caiu no ralo da pia do banheiro, e eu não consegui recuperar. Juro por Deus, doutor", respondeu-me. Ao longo dos três meses seguintes, com a perda progressiva dos resquícios de fala, Isabel rendeu-se à impotência. Rosária, então, sentiu-se ainda mais livre para agir. Fazia-o com crueldade. A empregada comprazia-se em roubar — dinheiro de despesas, dólares economizados e objetos de valor — diante de uma Isabel muda e paralisada, que só conseguia chorar de humilhação e pavor enquanto presenciava as cenas de espoliação. Em certas situações, Rosária gargalhava e dizia à paralítica que a queria viva porque isso lhe permitia aumentar seu próprio patrimônio. Em seguida, caía num arrependimento delirante, que a fazia ajoelhar-se aos pés de Isabel e rezar em voz alta orações que misturavam versos do catolicismo canônico e um palavrório confuso, nascido de crendices populares.

Pausa para lição: para além de baseado em situações factuais, posso descrever comportamentos de Rosária e ocorrências no apartamento de Isabel graças a uma manobra literária: transfigurei-me em narrador onisciente. Isso poderá repetir-se em outros capítulos daqui para a frente. Fim da lição.

Quando a angústia era insuportável, Isabel a extravasava recusando-se a beber água e comer a papa insossa que era seu único alimento. Essa era a sua "agitação", que Rosária amainava convocando a minha presença. A periodicidade dessas crises era mensal. Depois da minha visita, Isabel acalmava-se. Para a empregada, portanto, eu era um culpado útil. Ao aparecer, solucionava um problema. Ao desaparecer rapidamente, confirmava ser um crápula — o que proporcionava a Rosária continuar a sentir-se explorada e a delinquir para autoindenizar-se.

Com a morte de Isabel, vítima de infecção generalizada causada pela falta de movimentos, a empregada se veria, num primeiro instante, de volta ao bairro periférico de onde saíra. Mas não ficou lá por muito tempo. As versões sobre o seu destino são tão díspares quanto anódinas: fora embora para o interior e passara a morar com os pais; comprara uma casa num bairro de classe média baixa da cidade e trabalhava meio período numa loja de roupas no centro; vivia, como faxineira e devota, no puxado de uma igreja evangélica. Nenhuma delas supõe que seus crimes tenham resultado em castigo. Nem mesmo em punição sociológica à qual se pudesse emprestar uma relação de causa e efeito à sua perfídia: como a de ter-se juntado a um homem que, movido pela embriaguez de ocasião e a ferocidade de fundo, a espancasse com regularidade. Morreu virgem de sexo e maus-tratos.

Minha vida também mudou depois que Isabel morreu. Volte-se ao dia em que a visitei pela última vez, depois do chamado de Rosária que me arrancou do mundo de Sibylle.

15

Ver Isabel era como colocar a mão sobre a pedra gélida de seu túmulo desde que a degeneração neurológica a envolvera na rigidez cadavérica que antecipava a sua própria morte. A doença manifestara-se, em primeiro lugar, nos dedos do pé direito, que da dormência inicial não demoraram a passar à imobilidade identificada erroneamente como distúrbio muscular. Depois, um tremor nas mãos e o andar trôpego induziram os médicos a diagnosticá-la com Parkinson. Como fulminada pelo olhar de uma Medusa invisível, Isabel foi sendo tomada pela paralisia — das pernas ao tronco e aos braços, dali ao pescoço e à cabeça. Em um ano, ela já não andava, falava ou sorria. Tornara-se uma estátua sem ilusão de eternidade — uma estátua que definhava e chorava. Em meio à devastação, um dos médicos detectou uma atrofia no cerebelo, confundindo o diagnóstico inicial de Parkinson. Isabel, assim, morreria de uma morte sem classificação precisa.

Isabel havia sido a minha primeira e única mulher. Havíamos nos conhecido uma década antes, e eu me sentira compelido a namorá-la pelo fato de ela ter-se disposto a amar-me. Até então, eu jamais havia sido objeto de desejo e paixão, e essa experiência inédita proporcionada por Isabel entreabrira um novo mundo para mim. Arquiteta, dividíamos preferências estéticas e experiências novas na cama, ambos neófitos nesse aspecto, apesar de adentrados na segunda metade dos vinte anos. Isabel, além disso, era adorável por reagir de maneira natural à personalidade de minha mãe, ainda viva quando nos conhecemos. Eu não cessava de me surpreender com isso, porque minha mãe sempre me parecera uma anomalia e Isabel indicava, com seu comportamento gentil, alegre e sem espanto, que mesmo elas, as anomalias, podiam gravitar próximas ao âmbito da normalidade burguesa a que eu tanto aspirava.

Suave, divertida e apaixonada, Isabel só conseguira, como foi dito, entreabrir um novo mundo para mim. E, como um prisioneiro a quem é dado apreciar uma paisagem povoada por homens livres, eu passara a espiar esse panorama num crescendo de tristeza. A partir de um momento impossível de ser identificado com precisão, o buraco negro da minha existência começou a consumir a radiância de Isabel. Ela sucumbiu à inércia que, se não era a minha na sua essência neurótica, em suas consequências assemelhava-se à que levara seus familiares a afastarem-se uns dos outros. Sua irmã mais velha casara-se com um matemático russo e havia se transferido para a Califórnia; seu irmão mais novo mudara-se para o interior de nosso país, onde viria a unir-se com a filha de um fazendeiro rico; seus pais trocaram a cidade por uma casa num desses condomínios que macaqueiam o modo de vida americano — e de onde se recusariam a mudar-se quando a filha adoeceu, sob o pretexto de que o ar ali era mais saudável para os brônquios combalidos de ambos. De vez em quando, alguém lhes perguntava por que não traziam Isabel para morar com eles. "Nós bem que gostaríamos, mas, em caso de emergência, seria difícil socorrê-la", respondiam. A mãe, bem mais jovem que o pai, muito vaidosa e coquete, parecia enxergar na filha o espelho da decrepitude que também a alcançaria.

Nada ocorrera naquela família para que os laços fossem tão frágeis. Nenhum conflito mais intenso, nenhum trauma mais profundo. O lugar-comum literário diz que as famílias felizes se assemelham, enquanto as infelizes diferem na especialidade de seu infortúnio. Há aquelas, contudo, mais numerosas do que se supõe, em que reina a indiferença mútua entre seus integrantes. Uma indiferença que não se lastreia em ressentimentos, como a da empregada Rosária. É uma indiferença em estado puro, semelhante à que nutrimos por pessoas mortas em catástrofes a milhares de quilômetros. Insípidas à literatura, pontos cegos para a psicanálise, tais famílias passam ao largo dos livros, das conversas e das reflexões. As razões intrínsecas dessa constituição baseada em desconstituição talvez pertençam ao terreno genético. Mas seria exigir muito que, diante de tantas prioridades psicológicas e médicas, se tentasse desvendar os seus motivos orgânicos, se existentes. E talvez seja confortável ao gênero humano que ela permaneça obscura — uma investigação acurada poderia constatar que a indiferença pelo outro é nosso estado natural por excelência.

A paixão por mim também havia sido uma surpresa para Isabel. Embora sempre às voltas com uma chusma de admiradores, até então ela contabilizara somente dois namorados, dispensados depois de sete meses, o primeiro, e de um ano e três meses, o segundo. Com este último, perdera a virgindade não por desejo, mas porque, como já contava vinte e um anos, a castidade passara a lhe pesar, existencial e socialmente. Eu irrompi quando Isabel, num decalque do quadro familiar, cogitava casar-se com um comerciante bem mais velho, que a enxergava como uma mulher capaz de lhe dar boa prole — e, desse modo, perpetuar o legado de indiferença que também ele carregava dentro de si. Ao conhecer-me numa reunião que visava a reforma da redação onde eu permanecia dez horas por dia, ela teve despertado um gene recessivo ou algo que o valha, na hipótese biológica da indiferença aventada linhas atrás. O que a encantou? Não sei.

A convivência comigo engoliu Isabel. O gene recessivo do amor sobrepôs-se, no início, à herança da indiferença, mas foi vencido pela minha abulia, que a afastou do convívio humano trivial. O meu isolamento a tomou de fora para dentro, até que se viu sozinha — sem amigos, sem mim e, ao fim, sem ela própria, destituída que foi pela doença.

Houvesse um tribunal formal para tais questões, eu estaria sentado no banco dos réus, acusado de sequestro e responsabilidade por mantê-la em cativeiro emocional. Em minha defesa, poderia ser invocado o princípio de que, em tais questões, a servidão é sempre voluntária. E que, quando a vi abandonada por Saulo e doente, fui dragado pela culpa — o mais inclemente dos tribunais. Culpa que fora uma das razões a transportar-me para o divã. Consegui mitigá-la, repito, graças ao desempenho de Lorenza como advogada de defesa nesse tribunal interno. Sem deixar de atribuir-me as minhas falhas, ela me fez ver o voluntarismo da servidão amorosa de Isabel, e como a servidão voluntária pode ter contribuído a que desenvolvesse seu problema neurológico, caso se aceitasse a hipótese extrema do determinismo psíquico. "Você poderia ter sido feliz com Isabel e ela com você? Sim, acredito nisso. Mas está claro que o insucesso, aqui, é mútuo, cada qual com seu quinhão de responsabilidade. Tomá-la inteiramente para você é um erro, além de ser, a meu ver, uma forma de recolocá-lo naquela condição familiar sobre a qual já discorremos quando falamos de sua mãe: a condição de sacrificado narcisista — um sacrificado que precisa sangrar eternamente, inclusive por culpas que não são suas", dissera Lorenza.

Enfim, se é fato que a convivência comigo engoliu a existência de Isabel, não é menos verdadeiro que isso ocorreu porque ela se deixou engolir.

16

Quando entrei no quarto de Isabel, deparei com a auxiliar de enfermagem encarregada de limpar e trocar os curativos todas as manhãs. Como Isabel permanecia a maior parte do tempo deitada numa cama de hospital alugada havia alguns meses, surgiram-lhe escaras nas costas, em relação às quais só havia paliativos não muito eficazes. À paralisia somava-se, agora, a dor que lhe açoitava como maldição sempiterna.

— Desculpe, vou esperar lá fora.

— Não, pode ficar. Já estou terminando. Daqui a pouco desviro a coitada e o senhor poderá conversar com ela... Conversar, não, falar.

— ...

— Estou acostumada a ver as piores coisas, mas confesso que nunca tive um caso como este. Coitadinha...

— ...

— Credo, às vezes chego a desconfiar que Deus não existe...

— ...

— ...só o diabo.

A mulher fez, então, o sinal da cruz.

Eu não tinha paciência para as manifestações religiosas do populacho, e o principal motivo para isso eram as crenças difusas de minha mãe, todas baseadas igualmente num catolicismo vulgar e sincrético. Eu tentava fugir à lembrança das velas e incensos que, de tempos em tempos, eram acesos nos cantos da casa, para "trazer a luz e afugentar o demônio". E aquele demônio, em minha imaginação, exibia feições caricatas das máscaras populares — com chifres, rabo, cavanhaque, pele e olhos vermelhos. Quantas noites eu não dormira, à espera, ao mesmo tempo ansiada e temida, da aparição do maldito? Quantos pesadelos eu não tivera com ele, o diabo, o anticristo? Um desses sonhos fora recorrente na adolescência: o demônio me possuía, entrando-me pela boca escancarada, depois de recolher as asas enormes e pretas, de pássaro — como as dos anjos pintados por Ghirlandaio, descobriria mais tarde, por ocasião de minha primeira viagem à Europa, ao lado de Isabel.

Mas o diabo da auxiliar de enfermagem era um espírito vulgar — um diabo que se submetia a ser expulso de corpos histéricos por pastores e padres espertalhões, em cultos e missas transmitidos pela televisão. Um diabo que servia apenas para assustar crianças desamparadas, assim como eu havia sido.

Isabel agora estava de volta à única posição permitida pela sua debilidade respiratória e muscular: deitada de barriga para cima.

— Volto amanhã, dona Isabel. Fique com Deus. Até logo, senhor.

Não havia Deus nem diabo naquele quarto que recendia a desinfetante hospitalar, antisséptico de germes e de metafísicas. Aproximei-me da cama; um brilho acendeu-se e logo apagou nos olhos de Isabel.

— Querida, eu...

Não pude terminar a frase, por causa do choro convulsivo, um choro jamais chorado. Isabel havia piorado bastante desde que a visitara duas semanas atrás. Não devia pesar mais do que trinta e cinco quilos, e os olhos esbugalhados, como querendo escapar do corpo doente, realçavam a magreza terminal. Eu chorava porque ali, sobre aquela cama, havia sobrado apenas um animalzinho ferido e assustado. Porque aquela era a última vez que a via. Porque, não importava o que dizia Lorenza, sentia-me culpado na presença dela. Minha querida Isabel, minha rejeitada Isabel, que um dia eu desejara, agora suscitava compaixão. A compaixão absoluta, e portanto sem avesso, e portanto demarcadora do fim de quem dela é objeto. Mais do que nunca, me pareceu monstruoso que fôssemos humanos e, como tais, pudéssemos ter a consciência da morte. "O universo não é apenas mais estranho do que supomos. É mais estranho do que podemos supor": quando li a frase do biólogo escocês John Burdon Scott Haldane, tempos depois, dei-me conta de como ela resumia parte do meu sentimento naquele dia. Voltarei a Haldane mais adiante.

Isabel era um animalzinho ferido, assustado — e raivoso. Era de cólera o brilho que se acendera por um breve momento nos seus olhos. Era a cólera, e agora somente ela, que ainda a fazia ser Isabel. Não estivesse presa dentro de si própria, teria gritado e avançado sobre mim, acusando-me de traição.

Traição. Pouco antes de a auxiliar de enfermagem chegar, uma desconhecida adentrara o quarto: Lorenza.

Havia duas semanas, numa inversão de papéis entre analista e analisado, Lorenza me seguira até o prédio de Isabel. Ela, então, esperou que eu saísse, para engatar conversa com o porteiro, a pretexto de que procurava um apartamento para comprar. Em pouco tempo, o sujeito, despreparado para a função como a maioria de seus pares, lhe forneceu a ficha da paralítica sob cuidados de uma empregada. "Ela quase não recebe visitas", dissera o energúmeno. A princípio, Lorenza evitou telefonar para a casa de Isabel (o porteiro também lhe deu o número, mediante um pequeno suborno), mas o fez. Ao atendê-la, Rosária duvidou de que se tratasse de uma amiga e desligou o telefone depois de poucos minutos, desconfiada de que fosse alguém encarregado de investigá-la a pedido da família. E continuou desligando nas vezes seguintes, sempre que ouvia a voz de Lorenza. Na semana seguinte, o porteiro, subornado mais uma vez, convenceu a empregada a encontrar a desconhecida no saguão do prédio. Lorenza reafirmou a Rosária que era uma amiga de colégio de Isabel — mas, diante da desconfiança invencível da empregada, admitiu que era minha conhecida. Rosária percebeu ali a oportunidade de ganhar um bom dinheiro. Desse modo, iniciou uma negociação que acabaria por lhe render, primeiro, uma remuneração por informações mais detalhadas sobre minha relação com a moribunda e, depois, um ótimo pagamento pela permissão para que Lorenza se avistasse com a sua patroa doente. Preço acertado, combinaram que a visita ocorreria no dia seguinte, antes da chegada da auxiliar de enfermagem.

Lorenza me contou tudo, arrependida. Disse que havia permanecido cinco minutos no quarto de Isabel, e teria saído de lá antes disso, não houvesse sido imobilizada pelo terror. Por um momento, viu-se no lugar de Isabel, deitada na cama de hospital e observada por mim, que lhe sorria da foto grande em cima da penteadeira. "Ele também me paralisou", pensou, angustiada. Foi embora sem dizer nada, deixando Isabel, que adivinhara tudo, muito agitada. Por isso, eu fora chamado.

— Querida...

Naquele momento, eu não sabia da visita de Lorenza. Eu tentava controlar-me, mas suava frio e minha angústia adquirira o ritmo de uma taquicardia. Fui até a cozinha.

— Me dê um copo d'água, por favor.

— Nossa, o senhor está pálido!

— Água.

Tomei de um só gole, assistido por uma Rosária assustada. "Só falta esse desgraçado ter um troço. Eu juro que deixo morrer", pensou a empregada (eu, narrador onisciente).

Demorei-me um pouco na sala. Respirei fundo várias vezes e, já mais dono de mim, voltei ao quarto. Isabel estava de olhos fechados.

— Querida, você está dormindo?

Ela não queria ver-me. Não mais.

— Desculpe meu choro. Desculpe-me por tudo, se puder. Sei que não apareço como deveria, e isso não tem desculpa, mas é que...

Voltei a suar frio, agora por obra de um pensamento insidioso: "Isabel morre e eu fico livre dela." Que monstro era eu, para pensar uma coisa dessas? Fiquei tonto, a taquicardia voltara. "Isabel morre e eu fico livre dela" — a frase apertava-me o cérebro. Comecei a falar alto, como se para cancelar a voz interior.

— Isabel, minha Isabel... Você queria me mostrar o mundo, abrir-me para ele, e está aí, encerrada em si mesma. Eu não aguento vê-la assim, não aguento! Às vezes sinto que minha dor é maior do que a sua... Meu Deus, o que foi que eu disse? Minha dor não pode ser maior do que a sua! Como sou egoísta, mas não é culpa minha... Sim, é culpa minha, tenho de admitir! Por favor, eu preciso que você me perdoe pelo que eu disse, pelo que eu fiz... Me dê um sinal, qualquer um, por favor...

Isabel abriu os olhos e, num esforço, contraiu os lábios, tentando manifestar desprezo, talvez.

— Fico nervoso quando você está agitada e...

Calei-me, porque ela tornara a fechar os olhos, simulando estar dormindo. Àquela altura, ao suor frio, à vertigem, à taquicardia, fui assolado pela dor de cabeça. Precisava sair. Depois de procurar naquele rosto algo que evocasse a mulher que fora minha, e só constatar mais uma vez a devastação, beijei-a na testa.

— Adeus, Isabel.

Ela tentou segurar uma lágrima de ódio, inferi. Isabel em seu corpo de cigarra, mas sem voz — Sibila cujo único vaticínio era a inexistência de um instante seguinte para si própria.

17

— Não se preocupe. Seu medo é só uma fantasia paranoica, meu bem.

— Odeio quando você me chama de "meu bem". Não existe fantasia em tempo integral, a menos que você seja doido. E eu não sou doida.

— Não existe fantasia em tempo integral? Coisa de doido? Você está enganada... Até as putas vivem a fantasia de ser putas. Essas representações só variam no grau de consciência, mas estão presentes o tempo todo. A nossa, por exemplo, numa escala de zero a dez, está em...

— Poupe-me, Saulo.

— Você não vai deixar de ser minha putinha, vai? A putinha que engana o namorado com o melhor amigo dele.

— Você não é amigo de ninguém, e ele não é meu namorado.

— Vem cá, vem...

— Fomos longe demais, já disse. Fomos longe demais nessa... Não é só fantasia, é perversão.

— De onde você tirou que são coisas contraditórias? Fantasias são, no mais das vezes, baseadas em desejos perversos e...

— Perversão, perversão...

— Oh, que condenável... Arderemos na fogueira do inferno quando morrermos!

— Já tenho meu inferno em vida: vocês todos.

— Não, querida, seu inferno são eles: seu marido e o outro. Eu sou o seu paraíso. De vez em quando, um purgatório gostosinho...

— Chega, vamos acabar com essa história. Eu não devia tê-lo aceitado...

— Ele ou eu?

— Ambos.

— Mas aceitou.

— Você me enganou, disse que se chamava Paulo, que preferia pagar em dinheiro. Eu caí na esparrela, só soube quem você era tarde demais.

— Aqui, nessa cama, gozando como uma cadela...

— Não sou moralista, mas fico espantada como você pode ser tão amoral. Eu, pelo menos, tenho remorso.

— Ser chamado de amoral não me ofende.

— Psicopata.

— Não, aí não. A minha amoralidade é consciente, forjada no conhecimento da natureza humana. Ela é o preço, ou a recompensa, dependendo do ponto de vista, da clarividência.

— Cínico.

— Na acepção grega ou moderna?

— ...

— O cinismo grego foi das vertentes mais curiosas do moralismo, você sabia? Pregava o desapego à vida material, inspirava-se na vida simples dos cães, daí a mesma raiz da palavra em grego para o animal e para a concepção.

— Vá à merda.

— Fico com mais tesão quando você está com raiva.

— Qual a parte de "vá à merda" você não entendeu?

— Mentirinhas cotidianas não são cinismo, querida. Você, por exemplo, que trepa comigo, ainda que aja com certa impudicícia, não é uma cínica, mas somente uma mentirosa vingativa. Poderia ter parado comigo depois que soube que eu estava usando você para escrever um livro sobre ele, mas aceitou continuar comigo. Acho que é uma forma de vingar-se do seu marido, mas também do meu amigo. Talvez você os tenha... Como é que se diz mesmo em psicanálise?

— Condensado.

— Isso: condensado numa só figura.

— Condensação só ocorre em sonhos, ignorante.

— E o que é isto aqui, se não um sonho, querida? Vamos voltar ao cinismo: o moderno nada tem a ver com o grego. Os cínicos de hoje são aqueles que utilizam causas supostamente nobres e universais, de ordem política e religiosa, para beneficiar-se individualmente de algum modo, enquanto fingem ter desapego material. Eu jamais me escondi atrás de causa nenhuma. Enfim, um homem sem causas!

— Você não passa de um sofista nojento, na acepção grega e moderna. Não existe essa diferença que você aponta: amoralidade comporta cinismo.

— Ah, meu bem...

— Não me provoque, Saulo!

— Gosto de você porque a sua resistência faz com que a minha vitória seja ainda mais completa. Cinismo comporta amoralidade, mas jamais o contrário. Explico: um cínico até pode agir amoralmente na circunstância, mas sempre será moralista na essência...

— Chega, não quero ouvir.

— ...Porque um dia, não faz tanto tempo assim, o cínico acreditou integralmente na causa que lhe serve de instrumento; e, em seu recôndito, ainda crê nela, mesmo que num grau ínfimo.

— Que saco...

— ...Mas todos, os mais e os menos crentes, acham que, ao auferir ganhos individuais, estão sendo pagos justamente por tudo o que fizeram em prol da causa. Essa é a fantasia compensatória deles. Já um amoral como eu não acredita e nunca acreditou em nada. Eu disse que minha amoralidade foi forjada pelo conhecimento da natureza humana, mas pode ser que ela seja uma característica inata.

— Como certos casos de psicopatia.

— Você foi derrotada pelos meus argumentos, admita. Vem cá, quero dar uns amassos em você...

— ...

— Vem...

— Por que você disse a ele que escreveria um livro? Você não tinha nada a ganhar com isso.

— Como não? E o prazer de vê-lo atormentado? Ainda vou contar a ele sobre os meus planos de divulgação do livro. Aliciarei meio mundo: jornalistas, organizadores de festivais literários. Estou pensando até em contratar uma agência de publicidade.

— Você já tem editora?

— Isso é o mais fácil, querida. Inclusive porque financiarei a edição. Dá um beijo no papai, dá...

— Eu odeio você.

— Me dá um beijo, vai... Se não tivesse você, teria hemorroidas.

— Não seja idiota.

— Uma declaração tão bonita...

— *O Último Tango em Paris*. Você já usou uma vez comigo, cretino.

— Vocês estão ficando espertos... Preciso me reciclar... A frase não é minha, mas é tudo verdade.

— Filho da puta.

— Você me daria um tiro, querida?

— Não, mas posso cuspir na sua cara, se você continuar a encher o meu saco.

— ...

— Às vezes acho que você, sim, poderia matar alguém.

— Não se preocupe, querida: matar é contraproducente do ponto de vista da relação custo-benefício.

— Já escrever um livro para ridicularizar um amigo, não.

— Não.

— Por que você o odeia?

— *Você* o odeia.

— Você tem inveja, porque ele é amado.

— Amado por você, que dá para mim, e por uma paralítica? Não, eu passo. Já disse a você mais de uma vez que eu o acho patético, porque ele se acha muito especial. Sua mãe atarantada, seu pai desaparecido, seus imbróglios amorosos: tudo isso é tão banal... E mesmo você, Lorenza, só reforça essa banalidade. Aliás, analistas incorrem sempre nesse erro, como pude constatar em todas as minhas experiências no divã: emprestam uma aura original aos conflitos idiotas da gentinha que os procura.

— "Conflitos idiotas da gentinha": acho que alguém aqui perdeu a serenidade...

— É que não gosto de perder tempo quando estou diante dos seus peitinhos.

— Vagabundo.

— Vagabunda é a biografia dele. E isso ficará ainda mais claro quando transformá-la num livro igualmente vagabundo. Mas valerá a pena, você vai ver: virarei o Terry Southern deste nosso triste país. Serei convidado para figurar na capa de um disco de música popular... Esqueci: não há mais discos.

— Sua biografia também é vagabunda: você não passa de um aproveitador.

— Não tenho a menor ilusão de que não seja. Só que não me vendo por aí como o cordeiro de Deus, sacrificado para tirar os pecados do mundo.

— Não, você se vende como o filhinho de papai que pode tudo e sabe tudo.

— Sei o bastante.

— Você acha que sabe.

— Você está escondendo alguma coisa?

— Não.

— Está.

— Escondendo o quê?

— Você disse que eu não sabia tudo sobre ele. De onde concluo que você sabe algo que eu não sei.

— Eu não disse que era sobre ele. Conclusão errada.

— Então por que você disse isso?

— Disse por dizer.

— Você não diz nada por dizer.

— Você acha que sabe tudo de todo mundo, mas não passa de um arrogante. Se você fosse pobre ou remediado, não exibiria tanta empáfia. Quem sabe até teria algum senso de moralidade.

— Não posso negar que minha condição financeira permite que minhas qualidades sejam exacerbadas.

— Insuportável.

— ...

— ...

— Quanto?

— Quanto o quê?

— Quanto você quer para me dizer o que sabe a respeito dele?

— Você ficou maluco?

— Até as putas vivem a fantasia de ser putas.

— Eu não sou puta, seu imundo. Eu só...

— Então seja.

— Seja o quê?

— Puta em tempo integral. Estou lhe dando a chance de viver a sua fantasia plenamente.

— Canalha. Eu odeio você.

— Quanto?

— Se você não parar com isso, eu juro que lhe dou uns tabefes.

— Veja por outro lado: você dispõe de uma informação relevante sobre um sujeito cuja vida será tema de um livro meu. É justo que eu lhe pague por isso.

— Não sou puta, você está ouvindo?

— Tudo bem, você não é puta. Fui longe demais, desculpe.

— ...

— ...

— Eu jamais contaria.

— Então você sabe de algo.

166

— Não é sobre ele. É sobre mim...

— ...

— Eu não posso confiar em você...

— Pode...

— Ontem...

— Façamos o seguinte: você me conta e eu lhe pago; não com dinheiro, mas com meu silêncio. Juro que não colocarei no meu livro.

— Você não cumpre promessas.

— É tão surpreendente assim?

— Para mim, é. Mas você dará um jeito de tornar tudo muito banal.

— Vem cá, vem...

— ...

— Vem...

— Hoje não vai dar...

— Sempre dá.

— Me deixe.

— Vem cá, minha putinha.

— Não, me larga...

— Gostosa.

— Eu odeio você.

— Eu amo que você me odeie. E que, em seu ódio a mim, você se vingue deles.

18

Ao chegar em casa no final da tarde, Lorenza descobriu que havia um cheque dentro de sua bolsa. A quantia era suficiente para pagar-lhe as despesas de três meses. Mas não foi humilhação o que ela sentiu. Ela estava oca. Oca por obra do amor dos malamados, do amor dos que não sentem mais amor. Oca como uma puta depois de um programa. Poucos expressaram tão bem essa devastação como o poeta João Cabral de Melo Neto:

O amor comeu meu nome, minha identidade, meu retrato. O amor comeu minha certidão de idade, minha genealogia, meu endereço. O amor comeu meus cartões de visita. O amor veio e comeu todos os papéis onde eu escrevera meu nome.

O amor comeu minhas roupas, meus lenços, minhas camisas. O amor comeu metros e metros de gravatas. O amor comeu a medida de meus ternos, o número de meus sapatos, o tamanho de meus chapéus. O amor comeu minha altura, meu peso, a cor de meus olhos e de meus cabelos.

O amor comeu na estante todos os meus livros de poesia. Comeu em meus livros de prosa as citações em verso. Comeu no dicionário as palavras que se poderiam juntar em versos.

O amor voltou para comer os papéis onde irrefletidamente eu tornara a escrever meu nome.

O amor comeu minha paz e minha guerra. Meu dia e minha noite. Meu inverno e meu verão. Comeu meu silêncio, minha dor de cabeça, meu medo da morte.

E oca, devorada pelo cupim insaciável, Lorenza tentou gritar. Mas o amor também havia comido seus gritos.

Deixemo-la em seu silêncio torturado.

19

As linhas de João Cabral sobre o amor não ocorreram naquele momento a Lorenza. Nem mesmo as conhecia. Leu-as quatro anos mais tarde, em Sevilha — a cidade andaluz onde o poeta servira como diplomata e na qual ela se instalaria depois de seu casamento com Manoel, dono de um restaurante próximo à Giralda. Lorenza fora parar em Sevilha a convite de uma bailarina amiga sua, que ali se aperfeiçoava nas artes do flamenco. Manoel era filho de uma ex-dançarina de flamenco, pela qual, décadas antes, João Cabral afeiçoara-se profundamente. Essa senhora, de traços ciganos transmitidos ao filho, tomara para si a tarefa de ser a tutora da amiga de Lorenza — e não demorara muito para começar a ter esperança de que Manoel tomasse a pupila como mulher. Mas foi por Lorenza que ele se apaixonou. Adorara-lhe, desde o princípio, a desesperança — desesperança que ganhou explicação certa noite, às margens do Guadalquivir, quando Lorenza contou-lhe sua história com Federico, comigo e Saulo. Naquela madrugada, um insone Manoel procurou na estante de sua mãe, com quem ainda morava como bom espanhol solteiro, os livros autografados de João Cabral. Lembrava-se da vez em que ela lhe havia lido o texto sobre o amor que corroía. Na manhã seguinte, enviou uma cópia manuscrita a Lorenza, com um maço de flores. Queria que ela se reconhecesse naqueles parágrafos, bem como a ele próprio, náufrago de uma decepção na juventude que deixara cicatrizes extensas demais.

Ao ler o que o poeta havia escrito, Lorenza recordaria aquela tarde em que havia se sentido oca, desprovida de si mesma. Sentira-se oca até mesmo de desilusão (o que é a desilusão mais completa). E a desilusão mais desiludida continuou a lhe ser companhia até ir para Sevilha. E foi por obra dessa desilusão que ela se entregou a Manoel, um homem com quem não tinha nada a perder. E foi por obra dessa desilusão, enfim, que Lorenza experimentaria um gosto tênue de felicidade no casamento estável e nos filhos gêmeos, um menino e uma menina, que dele resultaram, por meio de inseminação artificial.

Estou outra vez bancando o narrador onisciente. Sei que Lorenza foi para Sevilha, a convite de uma amiga bailarina, e que se casou com um sujeito chamado Manoel, com quem teve dois filhos — mas tudo o mais foi inventado por mim. Achei que João Cabral de Melo Neto se encaixaria bem na história. O diálogo com Saulo, reproduzido no capítulo dezessete, não é invenção. Foi uma vingança dele contra mim. De fato, Saulo escondeu a identidade para ser aceito como paciente por Lorenza. De fato, Saulo também se tornou amante dela. A conversa entre os dois, ele a mandou por carta, para desforrar-se da surra que lhe dei. Recebi-a depois que Lorenza nos deixou. Seu comentário final foi: "Até que meu estilo literário é razoável, não é mesmo?" Até hoje, não entendo por que Saulo tinha fixação por mim, tanta que admito que o diálogo poderia ser da minha lavra. Tem o meu estilo.

Eu também disse que não sabia por que Lorenza havia cedido ao meu desejo. Mas talvez você possa ter alguma ideia ao ler o último diálogo que ela teve comigo, antes de me dar o fora.

— O que você associaria à sua relação com Isabel?

— O que eu associaria?

— Sim. Objeto, livro, pintura, música, paisagem...

— ...

— ...

— Um som distorcido.

— Som distorcido. Qual, exatamente?

— ...

— ...

— O som distorcido da guitarra...

— ...

— *Be on my side,*
   I'll be on your side, baby

— De quem é?

— Neil Young, "Down by the River". A guitarra,

em qualquer canção de Neil Young, mas principalmente nessa, é protagonista. Canta junto... E também canta sozinha, como se agregasse versos indizíveis à letra da música.

— ...

— Não há guitarra igual, nem haverá, pois até as guitarras viraram coisa do passado.

— A canção é antiga?

— Tem quase quarenta anos, final da década de 60.

— Então não é da sua época de juventude.

— Claro que não.

— Mas é da época de juventude de sua mãe.

— ...

— ...

— A guitarra distorcida de Neil Young evoca... Bobagem.

— Diga: o que ela evoca?

— Eu não sei se assisti ou não a essa cena...

— Não importa.

— Evoca minha mãe com uns trinta e poucos anos, de vestido pouco acima do joelho, dançando em frente ao espelho de sua penteadeira, com uma peruca de fios castanho-claros sobre a parte posterior da cabeça... Uma daquelas perucas que formavam um degrau em relação ao cabelo natural, pintado de cor idêntica, que continuava exposto na parte anterior da cabeça. Esse degrau era arrematado com uma tiara. Era moda naquele tempo, não era?

— Era.

— Dançando, depois de se maquiar... Uma maquiagem forte demais, carregada, de noite, de... Deixa para lá.

— ...

— Ela gostava de ouvir música enquanto se arrumava. Tinha uma vitrola portátil no quarto, com uma tampa que funcionava como caixa de som...

— Todo mundo tinha uma dessas.

— Mas eu não sei se ela escutava Neil Young. Acho que não, é coisa minha...

— ...

— ...

— Não importa se ela ouvia ou não. O que interessa é que você faz uma associação entre a guitarra distorcida e essa cena com a sua mãe, depois de estabelecer um paralelo entre o mesmo som e sua relação com Isabel. Chama a atenção o fato de ser o som de uma guitarra "distorcida". Palavrinha interessante... Distorcida como o quê?

— ...

— ...

— Distorcida como Isabel.

— E por que Isabel era distorcida?

— Para além de ter ficado paralítica?

— Sim.

— Ela sempre foi confusa na vida profissional, amorosa. Nada dava certo para ela, seus projetos de arquitetura eram ótimos na prancheta, mas não se realizavam a contento... Também nada dava certo para minha mãe...

— ...

— ...

— E isso o fez gostar mais de Isabel?

— Acho que sim.

— ...

— ...

— Uma frase sua me veio à cabeça.

— Que frase?

— A que você disse ao namorado da sua mãe, Brennand.

— ...

— "É assim que você paga?"

— ...

— ...

— E daí?

— Foi o mesmo que chamar sua mãe de puta.

— ...

— Putas são putas porque nada deu certo para elas.

— Minha mãe não era puta!

— Claro que não. Mas você, enciumado do namorado dela, a ofendeu desse modo: dando a entender que ela era uma puta, que se vendia em troca dos favores profissionais prestados pelo namorado dela, Brennand.

— Odeio quando você se comporta como uma professorinha.

— Não, você odeia quando *nós* ultrapassamos certas fronteiras.

— ...

— Você associou Isabel a uma cena, não importa se real ou não, em que sua mãe está em frente ao espelho, dançando ao som de uma guitarra distorcida, com maquiagem forte, de noite, uma maquiagem de...

— ...puta.

— Sim, de puta. E ser uma puta significa levar uma vida distorcida; como a guitarra de Neil Young na música de que você tanto gosta.

— ...

— ...

— O que você quer dizer com tudo isso?

— O que suponho é que você amou em Isabel um lado de sua própria mãe, não importa se verdadeiro ou não. Na sua associação, isso vem à tona sob a forma de uma mãe-puta que dançava ao som de uma guitarra distorcida. Para você, Isabel teve uma vida distorcida, sua mãe teve uma vida distorcida...

— Isabel poderia ao menos ter tido uma mãe que cuidasse dela...

— O fato de a mãe dela ter se ausentado o incomoda muito, não é?

— ...

— ...

— Safada, vigarista.

— Muita raiva da mãe de Isabel, não?

— Sim.

— Mas você a viu tão pouco, pelo que me disse.

— Mais do que o suficiente para constatar que era uma piranha. Mais jovem que o pai, deve tê-lo chifrado à beça. Às vezes, tinha a impressão de que dava em cima de mim.

— ...

— ...

— No ensaio *Totem e Tabu*, em que são analisados aspectos comuns entre a vida mental dos povos primitivos...

— "Povos primitivos"? Politicamente incorreto, Lorenza...

— ...Em que são analisados aspectos comuns entre a vida mental dos povos primitivos e a dos neuróticos, Freud aborda a dificuldade das relações entre sogra e genro. Essa dificuldade, diz ele, tem a ver com o horror ao incesto de parte a parte.

— Não estou entendendo.

Lorenza foi até a estante, do outro lado do consultório, e pegou o primeiro tomo das obras completas de Freud, mantidas isoladas dos outros livros, como se sagradas. Folheou-o e, depois de encontrar o trecho desejado, voltou para a sua poltrona.

— Aqui está, vou ler para você.

— A pitonisa do Oráculo de Viena...

— *A mulher encontra no casamento e na vida familiar a satisfação de suas necessidades psicossexuais, mas, ao mesmo tempo, não deixa tampouco de sentir-se ameaçada constantemente pelo perigo de insatisfação proveniente da cessação prematura das relações conjugais e do vazio afetivo que dela pode resultar. A mulher que logrou descendência preserva-se, ao envelhecer, deste perigo, por sua identificação com seus rebentos e pela parte ativa que toma na vida afetiva deles. Diz-se que os pais rejuvenescem ao lado de seus filhos. É essa, com efeito, uma das vantagens mais preciosas que a eles devem. A mulher sem filhos encontra-se, assim, privada de um de seus melhores consolos e compensações das privações a que tem de resignar-se em sua vida conjugal...*

— Não estou entendendo.

— Deixe eu continuar: *A identificação afetiva com a filha chega, em algumas mães, até o compartilhamento do amor dela pelo marido da filha, circunstância que, nos casos mais agudos, conduz a graves formas de neurose, em consequência da violenta resistência psíquica que, contra tal inclinação afetiva, se desenvolve nela. A tendência a esse enamoramento de sogra e genro é muito frequente e pode manifestar-se tanto positivamente como de forma negativa. Com efeito, muitas vezes ocorre de ela direcionar a seu genro os componentes hostis e sádicos da excitação erótica, com o objetivo de reprimir com mais segurança os elementos contrários, proibidos.* Isso ajuda a esclarecer a atitude da mãe de Isabel em relação a você, não?

— Agora só falta dizer que eu amo a velha safada...

— Você não a ama, certamente, mas ela é como uma guitarra distorcida que evoca algo em você. Posso ir adiante?

— Eu pago por isso, não?

— Outra vez, o pagamento. Você não imagina o quanto essa sua frase é reveladora. Vamos a Freud: *A atitude do homem com respeito à sogra é marcada por sentimentos análogos, mas provenientes de outras fontes. O caminho da eleição de objeto o conduziu desde a imagem de sua mãe a seu objeto atual. Fugindo de todo pensamento ou intenção incestuosos, transferiu seu amor ou suas preferências, como seja, da pessoa amada em sua infância a uma pessoa estranha forjada pela imagem materna. Mas, posteriormente, a sogra vem a substituir a sua própria mãe, e o sujeito sente nascer e crescer nele a tendência a mergulhar de novo na época de suas primeiras eleições amorosas, enquanto ele todo se opõe a tal tendência. O horror que o incesto lhe inspira exige que não lembre a genealogia de sua eleição amorosa...*

— Ou seja?

— Ou seja, para além da antipatia natural, a repulsa que você sente em relação à mãe de Isabel liga-se ao fato de ela tornar presente, como diz Freud, a genealogia de sua eleição amorosa. A saber, que Isabel o seduziu por trazer consigo algumas características de sua mãe. Esse aspecto, no mais das vezes inconsciente, aflorou por meio da associação que você fez entre o amor por Isabel e a imagem de sua mãe dançando, maquiada como uma puta, ao som da guitarra distorcida de Neil Young. O laço, evidentemente, só poderia se estreitar no momento em que você julgou que a mãe de Isabel tinha um comportamento promíscuo. Como eu disse, você passou a amar em Isabel e na sua sogra um lado de sua mãe que elas pareciam ter em comum. A amar e odiar. Sempre lembrando que, apesar de sua mãe não ter sido puta, você, a certa altura, a considerou como tal; o que se converteu, digamos, numa realidade psíquica.

— ...

— Onde você está?

— Pensando que o amor, afinal de contas, não passa de uma distorção. De um sentimento por uma imagem distorcida de nós mesmos, sei lá.

— ...

— ...

— Para Freud, sempre há um componente narcisista no amor pelo outro. Deixe eu ver aqui no livro como foi que ele escreveu exatamente... Achei: *O estado conhecido pelo nome de enamoramento, tão interessante do ponto de vista psicológico, e que constitui o protótipo normal da psicose, corresponde ao grau mais elevado de tais emanações* (emanações da libido que reveste o ego, como ele afirma antes) *em relação ao nível de amor por si mesmo.*

— ...

— ...

— "Protótipo normal da psicose": foi isso que você leu?

— Foi.

— Protótipo, portanto, de uma realidade alucinatória. É isso o amor, Lorenza?

— ...

— Eu preciso ouvir isso de você, Lorenza.

— Cruamente, sim.

— ...

— ...

— Os versos indizíveis.

No minuto seguinte, estávamos trepando no divã. A última trepada com Lorenza. De Neil Young a Lady Gaga. Estou pronto para a Terceira Parte.

TERCEIRA PARTE

20

Narcolepsia. Foi esse o diagnóstico que recebi para o derradeiro sintoma que me acometeu depois da morte de Isabel, do fim da minha relação com Lorenza e da carta de Saulo. Não importava se havia tido uma boa noite de sono ou não, comecei a dormir nas reuniões do jornal, em meio aos fechamentos, em almoços com fontes, em sessões de filmes iranianos e americanos. Era tão esquisito que achei que fossem desmaios. Fiz exames de sangue e de imagens, para averiguar se havia uma disfunção orgânica, mas os resultados deram todos negativos. Por exclusão, o neurologista me comunicou que o meu caso era de narcolepsia.

— De fato, está tudo normal.

— Não fosse pelo fato de que estou anormal.

— Trata-se de um distúrbio cujas causas são pouco conhecidas.

— Você não vai me dizer que tenho um distúrbio neurovegetativo, espero... Pago caro para ouvir esse tipo de coisa.

— Não, não vou dizer que você tem um distúrbio neurovegetativo. Também paguei caro para ter uma boa formação e não sair por aí falando bobagens. Você não tem nenhum problema neurológico propriamente dito: as tomografias e ressonâncias magnéticas não acusaram tumores ou problemas que tais.

— Isso significa que eu tenho um problema neurológico propriamente não dito.

— De certa forma, sim.

— Que vem a ser...

— Narcolepsia.

— Eu durmo.

— Dorme.

— Não são desmaios.

— Não, você dorme quando deveria permanecer acordado.

— ...

— Quantos episódios você teve na última semana?

— Eu dormi durante uma reunião de pauta, dormi enquanto editava uma reportagem sobre fidelidade partidária...

— Situações aborrecidas.

— Muito.

— A probabilidade, nesses casos, é maior.

— Na semana que passou, acho que dormi fora de hora umas quatro vezes.

— Bastante.

— Tende a piorar?

— Difícil dizer.

— Além da fama de preguiçoso ou maluco, a narcolepsia acarreta outras consequências?

— Do ponto de vista clínico, não. Do ponto de vista prático, sim.

— ...

— Você pode sofrer um acidente, caso durma ao volante, por exemplo.

— Isso significa que...

— Você terá de parar de dirigir.

— ...

— ...

— Não tem remédio?

— Tem, mas não há garantia de que vá funcionar. Vou receitar um estimulante.

— Efeitos colaterais?

— Se você tiver espasmos, posso diminuir a dose. Comece a tomar hoje e me ligue caso sinta algo de diferente.

— Que merda...

— Ah, sim, também evite carregar crianças, subir escadas rolantes, viajar sozinho...

— Viver. Evite viver, é o que você está me dizendo.

— Não exagere. Tudo vai dar certo, você vai ver. A narcolepsia pode até sumir de uma hora para outra.

— Com a minha sorte, duvido que isso aconteça.

— ...

— ...

— Mais uma coisa: você tem alucinações?

— O quê?

— É que alguns pacientes alucinam.

— Não que eu me lembre... Mas esta consulta parece uma alucinação.

— Ótimo, sem alucinações.

— ...

— ...

— Aqui está a receita. Marque um retorno para daqui a quinze dias, está bem? E lembre-se: telefone a qualquer hora, no caso de se sentir mal.

Em casa, recorri ao *Manual Merck*. Eu seria menos medíocre se conseguisse escrever como os redatores do *Manual Merck*. O verbete dedicado à Narcolepsia é um primor. Não estou sendo irônico. Leia você mesmo:

A narcolepsia consiste numa alteração do sono que se caracteriza por episódios recorrentes e incontroláveis de sono, durante os períodos de vigília e, também, por episódios de fraqueza súbita (cataplexia), paralisia do sono e alucinações.

A narcolepsia afeta uma em cada duzentas mil pessoas. É um distúrbio que costuma afetar pessoas com antecedentes familiares dessa doença, mas a ciência médica ainda desconhece a sua causa. Embora a narcolepsia não tenha consequências graves para a saúde do indivíduo, pode tornar-se incapacitante e aumentar o risco de ele vir a sofrer qualquer tipo de acidente.

Os sintomas da narcolepsia costumam manifestar-se, inicialmente, na adolescência ou começo da idade adulta, sem que exista doença prévia, persistindo durante toda a vida. Apenas cerca de dez por cento das pessoas que sofrem de narcolepsia manifestam todos os sintomas — a maioria apresenta somente alguns dos sinais.

As pessoas com narcolepsia são dominadas por episódios súbitos de sono incontrolável, que ocorrem a qualquer momento e aos quais só conseguem resistir temporariamente. Pode ocorrer um ou mais episódios num mesmo dia e cada episódio dura, no máximo, meia hora. É mais provável que as crises ocorram em situações monótonas (como reuniões entediantes) ou ao conduzir, durante muito tempo, na autoestrada. Quando a pessoa faz sestas curtas, propositadamente, costuma sentir-se aliviada ao acordar.

A crise inesperada de fraqueza muscular, sem perda de sentidos (denominada cataplexia), pode ser desencadeada por uma reação emocional repentina, como a fúria, o medo, a alegria, a felicidade ou a surpresa. A pessoa pode sentir uma fraqueza nos membros, largar o que tiver nas mãos ou cair. Esses episódios assemelham-se ao relaxamento muscular característico do sono REM [abreviação na língua de Lady Gaga de rapid eye movement, a fase mais profunda do sono, em que os olhos movimentam-se rapidamente] e, em menor grau, estão associados ao fato de a pessoa se sentir fraca por estar rindo [eu sempre achei que alegria demais era um problema].

Em outras ocasiões, menos frequentes, no momento de adormecer ou ao acordar, a pessoa tenta mexer-se, mas não consegue. Essa situação foi denominada paralisia do sono e pode constituir uma experiência aterrorizante. Ser tocada por outra pessoa pode aliviar a paralisia. Caso contrário, a paralisia desaparece por si mesma, ainda que ao fim de vários minutos.

No momento de adormecer e, com menor frequência, ao acordar, a pessoa pode ver imagens nítidas ou escutar sons que não são reais. Ter essas alucinações (denominadas alucinações hipnagógicas) é semelhante a ter sonhos normais, mas de forma muito mais intensa.

Alucinações hipnagógicas: onde mais eu encontraria esse achado, se não no *Manual Merck*?

21

Os estimulantes não funcionaram a contento. Continuei a cair no sono nos momentos mais improváveis e inoportunos. Apesar de o *Manual Merck* não incluir a narcolepsia entre as doenças mentais, ganhei fama de maluco na redação e uma licença médica de dois meses. Passei-os dormindo na maior parte, mas por vontade própria. Eu estava cansado de tudo o que havia ocorrido na minha vida pessoal e também do trabalho (Gaa-Gaa). Ele me extenuava menos por causa da rotina do que pela proporção exagerada que o jornal tomara depois da ascensão de um governo de esquerda, popular e corrupto. Como o dono da publicação e seus diretores decidiram que continuaríamos a fazer reportagens, o que implicava denunciar escândalos dos novos e insaciáveis poderosos quase que diariamente, o jornal se tornou alvo de campanhas difamatórias. Em resumo, além da fama de maluco, ganhei a de fascista — eu e todo o pessoal da redação. No meu país natal, "fascista" é um coquetel molotov gramatical facílimo de ser lançado contra quem discorda de quem concorda com tudo.

Dois meses de licença e voltei à lide. A narcolepsia manifestou-se incontinente, mas meus chefes decidiram que o fato de eu dormir de vez em quando em horários esquisitos não prejudicava a minha produtividade. Foi então que me ocorreu ter alucinações hipnagógicas. Não é necessário ir ao dicionário, eu explico: são perturbações visuais ou auditivas que podem ocorrer em um paciente narcoléptico pouco antes de ele desligar. Comecei a ver e a ouvir gente morta e gente viva que não estava presente. Via também bichos asquerosos na cabeça das pessoas. Foi gradativo, para não causar desconfiança. Ao cabo de um mês, entrei novamente em licença — dessa vez, de três meses. A empresa, no entanto, comunicou-me que, se eu não me curasse totalmente nesse período, seria aposentado de maneira compulsória. Já não se tratava mais de uma decisão dos diretores da redação, mas do departamento de Recursos Humanos: baseado na legislação trabalhista, o pessoal do sorrisinho explicou-me que, caso eu sofresse um acidente no ambiente de trabalho ou em trânsito de casa para a redação ou da redação para casa, a responsabilidade seria do jornal. Ou seja, eu poderia embolsar uma indenização enorme. Sem dinheiro guardado, com livros que nem sequer chegavam a vender mil exemplares cada um, eu não tinha condição de ser afastado. O teto da minha aposentadoria, somado aos direitos autorais que depositavam na minha conta semestralmente (quando havia algo a receber, é claro), não pagaria mais do que dois jantares no Antonello Colonna — e sem vinho. Meu blow job era para ser vitalício.

Chega de dar voltas: a solução para o meu problema apareceu no final da minha licença, com o telefonema do advogado que tratava dos negócios do meu pai no país. A herança e coisa e tal. Parece coisa de romance? Este é um romance, hypocrite lecteur, mon semblable, mon frère!

22

Sabe o que é tão bom quanto ficar rico de repente? É ser tratado como rico de uma hora para outra. Fui recebido com honras no escritório do advogado encarregado de representar o testamenteiro italiano e informar-me sobre os investimentos que meu pai mantinha fora da Europa. Eu já havia entrevistado esse advogado na condição de repórter, e tomara um chá de cadeira de duas horas. Dessa vez, estacionei meu carro barato na garagem reservada aos bacanas e subi num elevador privativo, que me levou diretamente ao escritório. Lá, fui recebido por ele e seu sócio mais graduado. Rapapés, salamaleques, uma água?, um café?, um chá? Mais um pouco e o outrora empafiado me ofereceria a sua própria poltrona para que eu me sentasse. Em duas horas de conversa, o advogado, com o sócio presente, leu o testamento, revelou números de contas secretas que não poderiam constar do documento, deu-me alguns papéis para assinar e se ofereceu para continuar a cuidar dos meus interesses no país.

— Você o conheceu pessoalmente?

— Não, nosso escritório tratava com os representantes dele na Europa e nos Estados Unidos.

— Por telefone?

— Não.

— ...

— ...

— Gostei da sua caneta.

— Fique com ela, por favor.

— Mesmo?

— É um prazer dá-la de presente a você.

— Mas deve ser muito cara.

— Você merece.

— Mereço?

— Claro.

— Obrigado.

— Não tem de quê.

— Você falou em interesses. Que interesses?

— Os negócios que estão em nome do seu pai, e que certamente você manterá. Tenho algumas ideias de como incrementá-los por meio de um planejamento fiscal mais azeitado e...

— Vou vender tudo.

— ...

— ...

— Vender?

— Sim, tudo.

— Mas o nosso país experimenta uma fase esplendorosa, está em expansão acelerada... A bolsa daqui é a mais lucrativa do mundo, os juros que o governo paga são tão altos que você pode comprar títulos públicos com dinheiro tomado lá fora a taxas ridículas, e faturar uma montanha de dinheiro sem precisar levantar da cama e...

— "Montanha de dinheiro" e "alpinismo social"... Há uma evidente relação entre essas imagens tão batidas.

— O quê?

— Pensei alto, literalmente...

— ...

— Não quero manter nenhuma ligação com este país.

— ...

— Você se encarrega de vender as propriedades que tenho aqui, as ações na bolsa local e de mandar o dinheiro para uma das minhas contas secretas na Suíça, sem que eu pague impostos. Se fizer tudo certo, ganhará uma bela comissão, está bem?

— Você não quer pensar melhor?

— Eu tenho uma dificuldade: quanto mais eu penso, mais eu penso pior. Por isso, escrevo sem pensar; ou não penso muito para escrever.

Pela expressão dos advogados, eles não leram Schopenhauer.

E assim seria feito. Fiquei espantado com a facilidade com que passei a comportar-me como rico e como logo fui aceito como tal. Bastaram quarenta minutos, se tanto. Et genus et formam regina Pecunia donat. A frase é de Horácio, vá ao Google para ver a tradução (Gaa-Gaa).

Dei o meu carro barato de presente para o manobrista e peguei um táxi para casa. No caminho, perguntei-me por que um homem tão rico permitira que seu filho houvesse transcorrido a infância e adolescência na penúria. E mais: que nem tivesse se preocupado em saber se eu precisava, ao menos, de suporte material. Uma das respostas que me ocorreram para a primeira questão é que ele se tornara milionário quando eu já era adulto. Mas não era possível que meu pai houvesse amealhado tantos imóveis, ações de empresas, fundos de ações, títulos de dívidas de países fortes, contas remuneradas em euros, dólares, francos suíços e ouro, sim, muito ouro, em apenas dez, quinze anos. Ou talvez fosse possível: há gente que faz dinheiro rapidamente, por uma série de razões, entre as quais a sorte é a única constante. Eu não sabia, contudo, que tipo de negócio estava na raiz da fortuna acumulada por ele. A informação havia sido vetada por uma cláusula do testamento, como disse. Nem o motivo de sua morte me foi comunicado: o atestado de óbito anexado falava em "causas naturais", o que só permitia excluir acidentes. Quanto à sua impiedade paterna — ainda mais inexplicável depois do testamento, visto que, houvesse sido ele um homem sim-

198

plesmente remediado, capaz apenas de contribuir com uma pequena soma mensal para o meu sustento, já teria sido de grande ajuda —, ela produziu em mim a raiva dos traídos no amor. Essa raiva me desnorteou, porque eu mal havia conhecido meu pai. Ele nem sequer era o lugar-comum de uma lembrança num retrato: minha mãe os rasgara todos. Como eu podia, então, amá-lo, se tudo convergia para que eu o desprezasse? O dinheiro dele veio com essa marca: a raiva de um amor traído, e em seu nascedouro, o que era mais difícil. Traições de amores antigos, não importa de que espécie, são sempre justificáveis pelas dessemelhanças surgidas durante seu curso. Mas o que dizer de um amor que não pôde nem mesmo expressar-se? Eu tinha cinco anos, lembra-se? Não houve uma despedida, um afago em meu rosto, uma carta a ser lida para mim. Ele estava ali de manhã e, à noite, não estava mais. Deixou roupas, livros e outros objetos, que arderam num auto de fé doméstico armado no quintal de minha primeira casa pelo ódio feminino. Eu brinquei com as cinzas mornas da fogueira e, enquanto o calor diminuía, um sentimento novo foi se apossando de mim — sentimento que eu conseguiria nomear muitos anos depois, no divã da análise, passado o período das brasas, quando a cena infantil voltou a frequentar as sessões. Não o experimentei por causa da morte da minha mãe, como ficou claro. Mas ele sobreveio com força no momento em que Isabel morreu, no instante em que Lorenza deu-me adeus — e, ali no táxi que me levava para uma nova vida, em relação a um homem que me abandonara mais de trinta anos antes, de quem eu não conhecia o rosto. O sentimento de orfandade foi o mais profundo experimentado por mim, e também a sombra mais persistente. Quem sabe seja assim com todo mundo. No entanto, existia um dado original, ao menos do meu ponto de vista: além de raiva amorosa, eu me sentia órfão de um homem que não me fora pai — era algo anacrônico e absurdo. Seu testamento significava, ao mesmo tempo, um abraço tardio e um adeus precoce. Será que, em algum ponto, ele me amara, ou a herança era só arrependimento? Como, aparentemente, não deixara outros descendentes, ela decerto cabia a seu único filho. Mas meu pai, desaparecido havia tanto tempo da minha vida, podia ter doado sua fortuna a instituições públicas ou privadas. E, no entanto, eu recebera tudo. Podia ser um misto de amor recém-aflorado com arrependimento...

Continuei a reflexão intratáxi. Se fosse só arrependimento, qual seria o problema? Afinal de contas, assim como era possível um filho não amar a mãe, também o era um pai não amar os filhos. Veio-me à cabeça *Cenas de um casamento*, de Ingmar Bergman. O protagonista, Johan, quando se separa de Marianne, nem se despede das duas filhas. "O que eu digo para elas? Que você se apaixonou e nos abandonou?", pergunta Marianne. "É uma resposta. E com a vantagem de ser verdade", responde Johan. Também fiquei impressionado com a cliente que procura Marianne, advogada de família. Enquanto a senhora quase sessentona lhe relata os motivos da decisão de divorciar-se, afirma que nunca amara os três filhos então crescidos. Que apenas se dera ao trabalho de educá-los e agora se sentia livre para sair do casamento sem amor. Quando assisti ao filme pela primeira vez, pensei que aquilo era coisa de gente nórdica. Mas minha mãe também não me amava, apenas me suportava. Isso deve ter ficado claro para você, nas linhas que escrevi sobre meus padecimentos de infância e juventude, mas somente agora pude expressar essa constatação que rondou o divã de Lorenza. Estranho, era tão óbvio.

Filhos que não amam pais e vice-versa. Em Roma, esse aspecto perdeu a aura de drama para mim, também graças à leitura dos poemas de Cecco Angiolieri, um dos meus autores medievais preferidos, contemporâneo de Dante, mas que o contrastava, como disse um estudioso, pela falta de sentimentos elevados e seu corolário — a gaiatice. Naquele jogo típico dos trovadores, Angiolieri compôs um de seus sonetos mais divertidos, o de número LXXXVI. Na primeira pessoa, como era usual em sua época e modo poético, ele dedica versos a seu pai e sua mãe.

S'i' fosse foco, arderei 'l mondo;
s'i' fosse vento, lo tempesterei;
s'i' fosse acqua, i' l'annegherei;
s'i' fosse Dio, mandereil'en profondo;
s'i' fosse papa, sare' allor giocondo,
ché tutti cristiani imbrigherei;
s'i' fosse 'mperator, sa' che farei?
A tutti mozzarei lo capo a tondo.
S'i' fosse morte, andarei da mio padre;
s'i' fosse vita, fuggirei da lui:
similemente farìa da mi' madre.
S'i' fosse Cecco, com'i' sono e fui,
torrei le donne giovani e leggiadre:
e vecchie e laide lasserei altrui.

Angiolieri. Cecco matou pai e mãe no soneto. "Se eu fosse a morte, iria ao encontro de meu pai; se eu fosse vida, fugiria dele; igualmente faria com minha mãe." Em seu tempo, esses versos poderiam jogá-lo na masmorra, por afrontar um dos mandamentos divinos. Mas o facínora era corajoso: no soneto imediatamente seguinte, o de número LXXXVII, ele declara: "Tre cose solamente mi so 'n grado, le quali posso non ben men fornire: ciò la donna, la taverna e 'l dado; queste mi fanno 'l cuor lieto sentire." O sujeito faz o elogio da luxúria, da bebida e do jogo na Idade Média, não é fantástico? Ao contrário de meu pai, Angiolieri morreu sem deixar nada para seus filhos, em torno de 1312 — vários, de várias mulheres. Eles não deviam gostar muito dele, acho. Angiolieri era tão enrolado quanto um personagem de Boccaccio. Como na biografia de Caravaggio, também houve um Ranuccio na sua vida: o sapateiro Biccio di Ranuccio. Em 1291, ele foi cúmplice de Angiolieri numa briga ou emboscada, não se sabe ao certo, de um inimigo comum, Dino di Bernardo da Monteluco, que saiu muito ferido do episódio. O poeta se safou, mas o sapateiro foi condenado. Ranuccio: ainda vou escrever um livro com este pseudônimo.

Eu não conhecia a poesia de Cecco Angiolieri no dia em que fui inteirado do testamento. Mas não sei se ela me ajudaria a superar minhas adversidades psíquicas sem o entorno romano. Em casa, chorei (era bem chorão, mesmo) observando o rosto de Sibylle Lacan na capa de *Un Père*. Em parte, fui ela no instante em que fiquei rico.

Recebi a herança de meu pai, decidi mudar-me o quanto antes para Roma — e, na semana seguinte, estava num psiquiatra clamando por um antidepressivo. Foi assim que comecei a tomar o remédio do primeiro capítulo.

23

Acho que está claro que sou um homem que não consegue amar e receber amor nos moldes da tradição. O hiato extraordinário com Renata foi útil porque revelou essa minha inviabilidade — e, graças a ele, hoje aceito, sem sofrimento, a solidão proporcionada por tal limite Ou superação. Ultrapassei os versos indizíveis das guitarras de Neil Young, ou a realidade alucinatória do amor que nutri por Isabel e Lorenza, amando em Renata o que é vedado ser amado. Sua liberdade. Minha liberdade. Ela subtraiu-se, eu somei-me.

Mas amo Roma e me sinto amado pela cidade. Meu ex-analista, claro, disse que eu encontrara, assim, uma forma de amar meu pai. Blá-blá-blá. Quando era um jornalista sem dinheiro, eu cobiçava Roma da mesma forma que Aníbal, o general cartaginês. Agora, eu a tenho como César. Roma é uma fêmea, minha fêmea. Não é uma realidade alucinatória, mas uma alucinação petrificada em realidade. Aqui, não há causas, só efeitos — todos eles, mesmo os mais antigos, plasmados pelo barroco que a cidade gestou como filho dileto. Uma ponte, em Roma, não é uma ponte, mas um corredor para outro tempo, e daí para outro, e outro, e então está-se de volta ao ponto de origem, para tudo recomeçar. Um palácio, em Roma, não é um palácio, e sim uma vertigem pressentida, e daí experimentada no corpo, e então dissipada pela presciência de mais um desvario dos sentidos. Uma igreja, em Roma, não é uma igreja, mas um delírio de apostasias disfarçadas em fé, em tradução da doutrina, com o diabo da beleza mundana que saltita delas aos visitantes, e dos visitantes a elas, afastando-os da visão de seu Deus, mesmo nas capelas mais vetustas, porque a vetustez, aqui, é adereço. Alegoria de prazeres interditados, e adivinháveis, e alcançáveis.

Um rio, em Roma, não é um rio, mas o Tibre. When runs the Tiber, Rome shall live; When doesn't run the Tiber anymore, Rome shall die — e estou eu aqui a plagiar Byron, porque, em Roma, eu posso não ser eu, e não há mais Renata, para censurar as efusões do meu não eu.

Talvez a interpretação do meu ex-analista não seja só blá-blá-blá. Embora às vezes um cigarro seja só um cigarro, como brincou Freud naquela que se tornaria a piada mais batida da história da psicanálise, pode ser que eu tenha escolhido Roma como lar também para ficar próximo das raízes de meu pai. Mais do que na cidade de sua família e na qual ele passou os melhores anos de sua vida, eu moro na mesma casa onde meu pai morava. Reformei-a, mas não tentei cancelar sua presença. Muitos de seus móveis permanecem aqui. Muitas de suas obras de arte, também. Em um dos armários do meu quarto, conservei uma gravata-borboleta, dois paletós e três pulôveres dele. Tenho a ilusão de sentir o cheiro de meu pai nessas peças. Na verdade, criei esse cheiro, borrifando de vez em quando água de colônia dentro do armário.

Entre as obras de arte, está a pintura atribuída a Caravaggio. Os especialistas me dizem que não demorará para ela ser autenticada como tal, o que elevará dramaticamente o seu valor de mercado, embora eu nem sequer pense em vendê-la. O Caravaggio está na sala de visitas, protegido por uma vitrine blindada que o mantém climatizado, para minimizar o desgaste causado pelo tempo e seus agentes invisíveis. A iluminação foi projetada para realçar suas cores e nuances. O tema, mais escultórico do que pictórico, é original na obra do artista: a morte de Laocoonte. Ele era sacerdote do templo em Troia dedicado a Apolo, deus protetor da cidade. Quando os gregos, depois de anos de guerra contra os troianos, deixaram o cavalo de madeira na praia inimiga, como um tributo aos vencedores, Laocoonte foi o único a levantar sua voz contra a decisão de levar a escultura em madeira para dentro dos portões de Troia, adivinhando-a uma artimanha para vencer os muros inexpugnáveis. Laocoonte, de acordo com a lenda, chegou a atirar uma lança contra a barriga do cavalo. Nesse ínterim, duas serpentes, mandadas pelo deus Poseidon, que estava do lado dos gregos, saíram do mar e enlaçaram-se nos dois filhos de Laocoonte, mordendo-os e asfixiando-os. Ao vê-los ameaçados, o sacerdote correu para salvá-los, mas terminou morto ao lado dos filhos. Os troianos tomaram o fato como um sinal de desagrado dos deuses e transportaram o cavalo grego para o interior da cidade. Não é preciso contar o resto da história.

A escultura mais bela e célebre de Laocoonte e filhos às voltas com as serpentes malignas está nos Museus Vaticanos. De vez em quando, aproveito uma excursão noturna para admirá-la. De dia, é insuportável, por causa da quantidade de turistas. Estudiosos alemães entabularam uma discussão no século XVIII acerca da expressão de Laocoonte retratada na escultura romana, do século I a.C., cópia de uma grega. Na *Eneida*, de Virgílio, ele solta um grito enquanto é atacado; na escultura, seu rosto transmite um sofrimento contido. É por isso que gosto da escultura: a expressão, de uma altivez resignada, não trai tanto a dor física e moral que ele sente quanto seu abdome, "dolorosamente contraído", como escreveu um dos estudiosos, chamado Johann Joachim Winckelmann. "A dor física e grandeza da alma distribuem-se com idêntico vigor na construção da figura. O sofrimento de Laocoonte atinge nosso âmago, mas, ao mesmo tempo, gostaríamos de poder suportar a desgraça como ele o faz", anotou Winckelmann.

O Laocoonte de Caravaggio precede o seu sacrifício. Não há o Cavalo de Troia, nem os filhos atacados por serpentes. A luz amarela que o ilumina projeta-se da esquerda do espectador, proveniente de fora do quadro, como em geral ocorre nas pinturas do artista. Ao fundo, um mar escuro e revoltoso, antípoda ao azul sereno do Mediterrâneo. O sacerdote está só, prestes a atirar sua lança contra a escultura inimiga que traz em seu bojo Aquiles e outros guerreiros gregos. É uma imagem fálica, bem ao gosto de Caravaggio. As vestes de Laocoonte não são sacramentais, mas exíguas, apesar de ele não estar inteiramente nu, como na escultura famosa. Em seu rosto, um sorriso discrepante com a cena cuja única testemunha é um caranguejo preto, que parece buscar refúgio junto a seus pés, na areia suja de sangue e de restos de batalhas. A pintura tem dimensões medianas, não é desproporcional à sala, e eu vivo sendo solicitado a emprestá-la para mostras nos principais museus do mundo. Recuso sempre. Egoísmo? Prefiro encarar como medo de perder meu pai. O Laocoonte de Caravaggio é um pai sem filhos, mas que tenta socorrê-los, assim como o meu fez comigo, exitosamente, ainda que só em seu leito de morte.

Houvesse Laocoonte evitado que o Cavalo de Troia entrasse na cidade, os gregos não teriam vencido a guerra e o troiano Eneias não teria fugido e fundado Roma. Sacrifícios que, do ponto de vista mitológico, nos trouxeram até aqui — eu e meu pai. Talvez ele tenha pensado nisso quando adquiriu a pintura. Falei que havia conquistado Roma, cumprindo o desejo do cartaginês Aníbal, e agora me ocorre que essa foi uma imagem usada por Freud. Em relação à cidade, ele nutria fascinação e fobia, como atestam seus biógrafos. Numa carta ao médico Wilhelm Fliess, seu grande amigo, ele diz que "meu anseio por Roma é profundamente neurótico. Ele está ligado ao meu entusiasmo dos tempos de escola pelo herói semita Aníbal". Significava conquistar a cidadela dos maiores inimigos dos judeus, de acordo com Peter Gay, em sua biografia. Freud só conseguiu vencer seus obstáculos internos, que incluíam impedimentos edipianos, e viajar a Roma — ou triunfar sobre ela — dois anos depois de publicar o seminal *A interpretação dos sonhos*. Ele adentrou a cidade no outono de 1901. "A Roma cristã o perturbou, a Roma moderna pareceu promissora e simpática, mas foi a Roma da Antiguidade e do Renascimento que lhe deu alegria, enquanto atirava uma moeda na Fontana di Trevi, deleitava-se entre as ruínas antigas, detinha-se fascinado diante do Moisés de Michelangelo", anotou Gay. Freud não conseguia entender por que demorara tanto a visitar a cidade. "Ao meio-dia, em frente ao Panteon... Então é disso que tive medo durante anos!", escreveu ele à sua mulher, Martha.

Eu fui a Roma pela primeira vez ao dezenove anos, como estudante pobre, isento de fobias e sem suspeitar que meu pai morasse lá. Acho que, como semita conquistador do centro da cristandade, sou um Aníbal bem menos neurótico que Freud. Também nunca joguei uma moeda na Fontana di Trevi. Acho que, como turista, sou bem menos vulgar do que Freud. Por último, o Moisés esculpido por Michelangelo não me parece digno da atenção que mereceu do mentor da psicanálise. Jamais me perguntei, como ele o fez obsessivamente, se Moisés estava para levantar-se ou para sentar-se, ao examinar a tensão conferida por Michelangelo às pernas da escultura. Que relevância tem isso? Acho que, como apreciador de arte renascentista, sou menos bizantino que Freud. (Meu ex-analista encarou essa afirmação como uma espécie de deicídio narcisista — do Deus dele, óbvio, o charlatão de Viena.)

Meu ex-analista: vamos a ele.

24

Parece invenção, e eu não sou digno de crédito em matéria de nomes, mas o meu ex-analista chama-se Salvatore Malatesta. Eu não poderia deixar de ter um analista com esse nome. Cheguei até ele por indicação da minha amiga arquiteta, que tem muitos conhecidos na faculdade de psicologia da universidade em que trabalha (Gaa-Gaa). Seu consultório é próximo a San Pietro, no apartamento em que ele mora com a família. A Itália é um país engraçado, porque tudo se adapta à sua cultura e modo de vida. Ioga, por exemplo: logo que me estabeleci em Roma, minha amiga convidou-me para jantar e marcou de nos encontrarmos na sala de espera da escola de ioga que ela frequentava. Imaginei ser um ambiente com iluminação suave, música new age em volume baixo ao fundo e uma atendente magrinha, de poucas palavras, ditas em voz baixa, e que oferecia chávenas de chá aos visitantes. Encontrei uma sala que parecia ser a recepção de um pronto-socorro, na qual reverberavam gritos e imprecações dos alunos obrigados a realizar exercícios, ao que parecia bastante dolorosos, por ordem de professores com a delicadeza de sargentos do exército americano.

Não que o apartamento de Salvatore ou o seu consultório doméstico fossem iguais à escola de ioga da minha amiga. O ambiente da casa como um todo é acolhedor, embora longe de ter o requinte do consultório de Lorenza. Mas era engraçado ser recebido por seu filho de sete anos, que, sem desviar os olhos da televisão, dizia para mim: "Aspetti un pò, papà è in bagno." Ou ter de apertar as mãos de sua mulher, que volta e meia aparecia na sala, vestida com um avental de cozinha, por estar preparando o jantar para o qual me convidava todas as vezes que me encontrava: "Lei non si permette almeno un brodo?" Salvatore aparentava ficar contrariado com essas liberdades, mas era obrigado a resignar-se — mantinha o consultório em sua casa porque o aluguel de uma sala comercial no centro de Roma é extorsivo e, além do mais, isso facilitava a sonegação fiscal do montante que embolsava dos pacientes. Como, diante da minha riqueza, o que eu lhe pagava não alterava as minhas finanças, sentia-me prestando-lhe um grande favor comercial. Além disso, gostava da ideia de não alimentar a ineficiente máquina pública italiana com meu dinheiro. Encarava como um ato de desobediência civil — aliás, uma das justificativas preferidas dos italianos para não pagar impostos.

Quando vim morar em Roma, procurei um analista menos para trabalhar (Gaa-Gaa) minhas angústias, e mais para aperfeiçoar meu italiano e ter acesso fácil aos antidepressivos (analistas, em geral, são contra uso desses remédios, mas têm amigos médicos que fornecem receitas). Psicanálise é uma forma excelente de aprimorar-se numa língua, porque você é instado a falar muito — e, passadas as sessões iniciais, mais cerimoniosas, Salvatore começou a fazer questão de corrigir minha pronúncia e enriquecer meu vocabulário. Graças a ele, principalmente, meu italiano é perfeito — da telegiornale, como gostam de dizer os meus novos compatriotas. O fato de ele ter criticado a Primeira Parte deste livro foi só um pretexto para eu deixar de ser seu paciente. Além de meu italiano já estar bom o suficiente, eu me havia tornado amigo de Salvatore, o que inviabilizou que déssemos prosseguimento à análise. Comecei tomando brodo com ele e sua família e terminamos saindo juntos para ir a boates e caçar mulheres. Tudo por minha conta. Eu o estimulei a ser adúltero por piedade. Jovem e bonito, Salvatore precisava de alegria em sua vida limitada pelo aspecto financeiro e familiar. Não era minha intenção destruir sua vida conjugal, mas ele se apaixonou por uma stripper tailandesa. Sua mulher descobriu o caso amoroso e o expulsou de casa. Sem querer hospedá-lo em minha casa, aluguei um pequeno apartamento para ele, próximo a Piazza Barberini. Seu idílio com a stripper durou quatros meses, até que a tailandesa o trocou por um mergulhador siciliano, com muito mais fôlego que Salvatore para as suas exigências sexuais. A mulher traída, depois de alguma negociação, o aceitou de volta. Mas me baniu do seu lar. Continuamos a cultivar nossa amizade em encontros secretos que nos aproximaram ainda mais. Nem com Lorenza senti-me tão clandestino.

Foi bom ter Salvatore como amigo no momento em que Renata desceu ao inferno — ao mesmo círculo onde penam os dois irmãos tebanos que, de tão inimigos, dividiu-se o fogo que os cremou perante a cidade de Tebas. Se estiver com preguiça, não precisa ir à internet para informar-se sobre a história. Não faz diferença para esta narrativa.

25

Só agora me dei conta de que não descrevi fisicamente Isabel e Lorenza. Poderia voltar aos capítulos dedicados a elas e recheá-los com detalhes de cada uma, mas não preciso mais de tantas linhas e, além disso, ambas pertencem a um passado que considero longínquo. Vou esboçá-las apenas para efeitos comparativos com a aparência de Renata. Isabel tinha a mesma altura de Lorenza, um metro e sessenta e cinco. Renata era mais alta: um metro e setenta e quatro. Isabel tinha olhos e cabelos castanho-escuros. Os de Lorenza são castanho-claros. Isabel alisava os fios, como é hábito nas mulheres de meu país natal, Lorenza os mantinha cacheados. Renata era loira, com olhos verdes. Seus cabelos, naturalmente muito finos e lisos, compunham um coque apressado, seu penteado diário. Você já viu um retrato da inglesa Celia Birtwell, modelo de David Hockney, também ele inglês? Pois Renata era parecida com ela quando Celia contava trinta anos e estava no seu esplendor. Além de cabelos e olhos semelhantes, minha professora de dança tinha o nariz grande e ligeiramente adunco, marca de nossa etnia. Eu não entendo por que a maioria das mulheres de nariz grande faz ou gostaria de fazer plástica para diminuí-lo. Se não é uma tromba como o de Barbra Streisand, a atriz americana, e está emoldurado por traços finos, um nariz grande é bem atraente. Eu adorava observar Renata nua, deitada de barriga para cima depois do sexo, com o rosto voltado para o jardim da minha casa, o olhar perdido em pensamentos insondáveis, o nariz perfilado sobre a boca vermelha como os mamilos pequenos de seus peitos afastados em vê. Há um retrato de Celia Birtwell nessa posição, de 1975. Quando conheci Renata, tentei comprá-lo de um colecionador americano, mas o sujeito recusou-se a vendê-lo. Como sofreu um baque nos negócios por causa da última crise econômica, quis empurrá-lo para mim, recentemente, por um preço exorbitante. Foi a minha vez de dizer não. Esse blow job, eu não fiz. De Hockney, tenho um de seus estudos para A Bigger Splash. Pendurei-o na minha academia. Giuseppe achou estranha a pintura de uma piscina que não mostra o mergulhador, somente o trampolim e a água que seu corpo desloca para cima, com o vidro de uma casa ao fundo. Tentei explicar os fundamentos da arte pop, tão despenteados quanto o coque de Renata, mas ele não se mostrou interessado. Giuseppe é um homem de poucas palavras. Giuseppe é um homem com um único interesse. Can't read my p-p-po-ker face, p-p-poker face, Gaa-Gaa.

Poker face: quando uma pessoa querida some da vida de alguém, uma das sensações mais aflitivas que podem ocorrer é o esquecimento de seu rosto. Isso já aconteceu comigo não em relação a uma pessoa querida, mas numa situação profissional. Eu queria mudar de emprego e fui conversar com o diretor de redação de outra publicação. Esse sujeito me tratou tão mal que eu esqueci o rosto dele no minuto seguinte ao final de uma entrevista de quarenta minutos, tempo suficiente para eu memorizá-lo pelos próximos quarenta minutos, ao menos. Quando ele me telefonou dois dias depois, para estranhamente me oferecer o trabalho (Gaa-Gaa), eu não reconheci nem mesmo sua voz. Recusei o convite, mas a aflição permaneceu durante dias — inclusive porque, como não havia internet, não era possível ir a um site de busca para tentar encontrar a foto do energúmeno. Foi a única vez em que experimentei esse tipo de trauma de apagamento, se é que posso chamá-lo assim.

Foi a única vez se é fato que jamais vi Renata sorrindo. Não que lhe faltasse humor — ela era capaz de me fazer rir com tiradas bastante engraçadas e inteligentes. Uma delas: em uma das ocasiões em que abordei minhas vicissitudes no jornalismo, comentando como havia sido preterido em promoções e aumentos salariais por mérito, ela disse: "Nesse tipo de situação, em que querem fazer você acreditar que não existe ninguém insubstituível, recomendo uma resposta. 'Sim, é certo que ninguém é insubstituível, mas não é qualquer idiota que pode me substituir'." Excelente. Mas por que não ria? É estranho que eu não tenha comentado isso com ela... Talvez porque só tenha percebido depois. Enquanto estava a meu lado, Renata me fazia tão feliz — feliz dentro dos meus limites restritos, fique claro — que era como se sorrisse. Ou melhor, era como se eu sorrisse por nós dois.

Ela não sorria nem mesmo quando gozava. A expressão "pequena morte", para definir o orgasmo, aplicava-se à perfeição a ela. Com outras mulheres, eu gostava de ouvi-las gemer e dar gritinhos. Renata morria em meus braços, depois de tremer em silêncio quando gozava. Não havia dirty talk durante as preliminares ou a penetração, nem conversas amorosas ou de qualquer outro tipo em seguida. Ela virava-se para o lado e permanecia observando o jardim, fosse de dia ou à noite.

Uma vez por mês, ao menos, viajávamos juntos, para visitar outras cidades italianas ou de outros países da Europa. Uma das minhas melhores lembranças são os finais de tarde. Depois de visitarmos museus e lugares históricos durante o dia, voltávamos ao hotel e eu, invariavelmente, deitava-me para dormir até a hora do jantar, um sono pesado de trabalhador braçal. Enquanto eu me prostrava na cama, Renata sentava-se diante do laptop, e lá ficava escrevendo e-mails para os amigos ou fazendo pesquisas na rede. O barulho do teclado, misturado à visão daquela mulher tão especial em frente ao computador, proporcionava-me uma calma nunca experimentada. E então, uma ou duas horas mais tarde, ela me acordava com beijos, dizendo como eu era bonito e gostoso, ao que eu respondia tratar-se de um truque sujo para convencer-me a sair, porque ela estava com fome e usaria de qualquer artifício para me fazer levá-la a jantar fora. Saíamos de mãos dadas, como jovens namorados, por noites quase sempre frias (preferíamos viajar no outono), pelas calçadas já vazias de Turim, Veneza, Paris e Berlim, nossas viagens mais memoráveis. Em Berlim, a memorável Berlim do início deste livro, vendo-a admirar os mármores do museu Pergamon, tive vontade de casar com Renata. Imaginei-a subindo o altar grego, com uma guirlanda de flores sobre os cabelos loiros, enquanto eu a esperava lá em cima, ambos cercados pelas esculturas magníficas que retratam a luta dos deuses contra os titãs, numa cerimônia que celebraria o nosso amor pagão. Dois judeus entregues ao politeísmo.

Não comentei minha fantasia com ela, para não ouvir a zombaria do tipo feita ao meu tango, e me sinto ridículo ao relatá-la. Renata tinha razão: mais do que realidade alucinatória em si, o amor é a droga que a causa — uma droga da qual todos deveríamos conseguir entrar e sair. Ou, quem sabe, nem entrar.

Foi depois de um jantar em Trastevere, sentados num banco na Isola Tiberina, que ela me falou mais detidamente sobre o amor, depois de ouvir a definição de Freud.

— Não me vejo como incapaz de amar, mas como capaz de não amar. Já lhe disse que isso não significa que eu seja uma psicopata ou algo assim. Repito: tenho sentimentos profundos de justiça, amizade, lealdade; e é só.

— Você não sentia amor por seus familiares, todos mortos como os meus?

— Tinha afeição por alguns deles. Outros me eram indiferentes.

— Essa afeição: como sabe que não se tratava de amor?

— Mas estamos falando de amor familiar ou amor romântico? O amor familiar não se está obrigado a sentir, como espero que você saiba, dada a sua história, embora a maioria arda de culpa por não gostar do pai ou da mãe. A religião monoteísta, por meio de seus mandamentos, criou uma legião de neuróticos familiares.

— Não Angiolieri. S'i' fosse morte, andarei da mio padre...

— S'i' fosse vita fuggirei da lui...

— ...

— No politeísmo, os deuses e seus filhos podiam odiar-se e tentar destruir-se uns aos outros, de forma idêntica ao que ocorria nas sociedades. Das religiões monoteístas, o cristianismo é o pior ao estabelecer um laço indissociável entre pai, filho, um espírito santo que deles faz parte e, finalmente, uma mãe, colocada ali nas imediações da Santíssima Trindade pelo Concílio de Éfeso, que proclamou a divindade de Maria. Pai e filho serem a mesma pessoa, imagine só! Ou seja, não é fácil livrar-se desse aspecto mandatório do amor paternal, maternal ou filial. No entanto, é possível. Agora, quanto ao amor romântico, todos se sentem na obrigação de conquistá-lo e mantê-lo aceso. Não amar ou ser amado por um estranho causa uma ferida (narcísica, se for para adaptar o jargão psicanalítico) que se transforma em gangrena. É um amor imperativo. Não há maneira de livrar-se da frustração do não amor. Sem falsa modéstia, sou uma exceção: garanto nunca ter amado, porque não experimentei em nenhum momento qualquer dos sintomas associados a ele. Jamais senti falta de alguém como se sente falta de um braço ou de uma perna. Jamais me desesperei porque um namorado terminou comigo. Jamais deixei de me afastar de alguém por receio de ficar sozinha, sem companhia e sexo. Não vou dizer que me basto, porque soaria arrogante, mas o fato é que...

— ...você se basta.

— Pode ser, mas gosto de ter amigos... Estar com você agora, nesta noite, por exemplo.

— O que tem?

— É melhor que estar sozinha. Saber que vamos dormir juntos também é bom. Mas, se você não me quiser mais ou vice-versa, não vou sofrer a ponto de interromper minha vida.

— A duração de um tango...

— ...e, então, a liberdade.

— Mas você já foi amada muitas vezes, apesar de sua relutância em me contar.

— Problema deles.

— ...

— Você sabe que, aqui na Itália, ainda se ensina um pouco de latim na escola, não é?

— Sei. Eu gostaria de ter aprendido. De vez em quando, cito provérbios latinos em meus livros. Os leitores sentem-se mais cultos, e eu também.

— Provérbios. Somos obrigados a traduzir alguns nos exames finais. Sabe qual é o meu preferido? Omnes sibi malle melius esse quam alteri. Terenzio.

— Posso ir ao Google.

— Traduzo: "Todos querem melhor a si próprios que aos outros."

— De certa forma, é o que Freud diz quando isola o narcisismo no amor.

— Não é exatamente um pensamento original, embora você tenha ficado bastante impressionado com a leitura desse trecho de Freud por... Como é mesmo o nome dela?

— Lorenza.

— Lorenza. Não pretendo ser especialista em Freud, mas posso opinar que a realidade alucinatória não é o amor em si, mas um sintoma da doença. Desse vício.

— Vício?

— Sim, o vício do amor.

— ...

— Essa droga sentimental sempre existiu latente em nossa química, mas era cerceada por convenções e necessidades. Na Antiguidade... Ou melhor, até o século XVIII, o amor era algo excêntrico: uma perturbação desorganizadora, como fica claro por meio da história de Henrique VIII, por exemplo. Homens e mulheres, fossem nobres, plebeus, ricos, remediados ou pobres, uniam-se por conveniência. Esse era o dado, por assim dizer, natural da condição humana. O amor era uma fantasia de poetas, como o unicórnio, ou um argumento filosófico, como para Platão. Ao servir como amálgama para tragédias e dramas, revelava-se o seu caráter de perversão. O paradoxo é que, depois das revoluções industriais e o Iluminismo, ocorreu um aburguesamento geral que afrouxou os códigos racionais ou catárticos que mantinham a droga amor sob controle. Com mais autonomia individual, por causa das mudanças econômicas e sociais, as pessoas perderam a imunidade contra esse agente químico que proporciona realidades alucinatórias; e não se dão conta de que é pior que as convenções e necessidades concretas que antes regiam as uniões. Quantos casamentos estáveis não ruem porque uma das partes, ou ambas, deixou de "sentir amor"? Desmanchar uma sociedade existencial e financeira bem-sucedida por falta de um alucinógeno? Não faz sentido. A droga amor cria objetos de desejo variáveis como o clima, e dos quais se extrai um prazer tão breve como o da heroína que aqueles jovens ali, debaixo da ponte, estão se injetando.

— Variável como o clima?

— Sim, bastam umas dez trepadas e a pessoa deixa de ser o "amor de sua vida".

— Nem sempre.

— Inevitável.

— De acordo com seu ponto de vista, então, as uniões devem ser regidas por interesses palpáveis.

— Sim, e alguma simpatia.

— O amor é, então, um sentimento pequeno-burguês, como diziam comunistas e anarquistas?

— Se você quiser simplificar, é isso. Só não acho que o socialismo ou qualquer outro regime político semelhante atenuaria o efeito da droga amor. Aliás, o socialismo sinalizava com algo mais maléfico: a obrigação de uma pessoa sentir amor pela humanidade. Tinha, portanto, um lado religioso. O discurso do amor livre também é equivocado. O amor jamais é livre ou libertador. Aprisiona mais do que qualquer outra droga. Sexo livre é outra coisa. Não sou adepta de ficar trepando com vários alternadamente, ou ao mesmo tempo, mas entendo o impulso. Em resumo, "fazer sexo" é uma expressão verdadeira como uma nota de dez euros. Já "fazer amor" é tão falsa como uma de três. Sobrepor uma à outra é ilusionismo.

— ...

— Você me acha maluca?

— Não, só estou pensado qual seria o seu interesse concreto em mim, para além do sexo e das nossas conversas que, até prova em contrário, lhe agradam. Eu sei que você vai dizer que isso é suficiente, mas...

— ...

— Que horas são?

— Onze e meia.

— Você acha que as pessoas, antes do século XVIII, ficavam divagando sobre o amor e assuntos do gênero até tão tarde?

— Provavelmente, não.

— Decerto que não. Sabe o que acelerou a expansão e o metabolismo da droga amor?

— ...

— Tenho uma hipótese: o café. A cafeína, quando passou a ser consumida em larga escala na Europa, excitou os dias, estendeu as noites e propiciou, além de muita conversa e discussão, mais devaneio e efusão. O amor é um sentimento predominantemente noturno. Suas metáforas são, no mais das vezes, a lua e as estrelas. A cafeína está tanto na base da difusão de ideias e das conspirações que levaram às grandes revoluções políticas dos séculos XVIII como na propagação do amor. No século seguinte, os românticos foram os maiores traficantes da droga amor. Ainda vivemos sob a influência desses tolos.

— Ainda?

— Até o final dos tempos, para ser sincera.

— ...

— Oh, oh, oh, oh, I'm in a bad romance... Você citou mesmo Lady Gaga no artigo que lhe encomendaram sobre trabalho?

— Yep.

— Trabalho: mannaggia, que assunto aborrecido!

— Gaa-Gaa.

— Gaa-Gaa.

— Sabe o que é curioso?

— O quê?

— Se eu reproduzisse em conto ou romance a sua concepção de amor, os leitores acreditariam que eu penso da mesma forma que você.

— Você acha?

— Eu não acho. É assim.

— Boh...

— É comum que leitores confundam autores com personagens. Não sei o motivo, mas os escritores passaram a ser vistos como pensadores de uns cinquenta anos para cá, estimo eu. Uma aberração, porque os melhores autores de ficção, ou os esforçados como eu, que não pensam muito antes de escrever, apenas roubam o que ouviram e leram por aí, não importa se concordem ou não. Se for bom para a trama, vale.

— Você não pensa muito para escrever?

— Schopenhauer escreveu que... Vamos deixar para lá.

— ...

— ...

— Eu serei uma personagem sua, assim como aquele seu ex-amigo, Saulo, quis que você fosse dele?

— Ele queria se apropriar da minha história; eu não quero me apropriar da sua.

— Mas se ficção é roubo...

— Está bem, pode ser que eu me aproprie de parte da sua história. Você deixa?

— Para esse romance interminável que você está escrevendo, sobre uma italiana que se apaixona por um sujeito que vai morar na América do Sul, fugindo do fascismo?

— Não, esse não...

— Qual seria o enredo do romance em que eu seria personagem?

— Não sei.

— ...

— Renata?

— Sim?

— Eu te amo.

— Você é um idiota.

— E se eu usasse a expressão dos americanos: you are just what the doctor ordered?

— Tudo bem: tratamentos médicos costumam ter fim.

— Cadela.

— Vamos para sua casa, cachorrão. Quero enfiar seu pau dentro de mim; e ir embora amanhã de manhã, livre de você e dele.

26

Como denotam os tempos verbais que usei para descrevê-la, Renata morreu. Era vinte anos mais jovem que eu, recém-entrado nos cinquenta. Foi uma morte irônica para quem afirmava não sentir amor, e muito menos amor pela humanidade.

Um ano antes de ela morrer, convidei-a para ir a um espetáculo de jazz no Auditorium, outro projeto discutível de Renzo Piano. Os italianos falam "jetz", é engraçado. Renata me disse que havia sido convidada para ser jurada de um concurso de dança de salão em Ancona, naquela mesma noite, e só voltaria no dia seguinte. Convidei, então, minha amiga professora universitária para ir comigo. Depois do espetáculo de "jetz" (de tão ruim, só podia mesmo ser chamado dessa forma), fomos jantar no restaurante anexo ao complexo de teatros e salas de música, onde ficamos até meia-noite, mais ou menos. Chamei um táxi, deixei minha amiga em seu apartamento em Monte Mario e mandei o motorista tocar para a minha casa. Encontrei a porta destrancada. A princípio, como tudo parecia em ordem, pensei que havia esquecido de passar a chave. Sim, eu, dono de um Caravaggio, um Hockney e outras preciosidades, cogitei ter deixado a minha casa aberta. Quando quis trancá-la, não consegui: alguém havia forçado a fechadura e seu mecanismo interno não girava mais. Fiquei com medo de que um ladrão ainda estivesse lá (aqui) e chamei a polícia. Os carabinieri, os mesmos que desconfiaram de que eu era um neonazista, percorreram cada cômodo e não encontraram ninguém. Perguntaram se eu notara o roubo de algum objeto; respondi que, até aquele momento, não. Eles fizeram um boletim de ocorrência e disseram que, se eu constatasse o sumiço de algo, que os avisasse nas próximas vinte e quatro horas. Naquela noite, dormi com a porta de casa fechada pela trava de madeira antiga que ficava encostada na parede ao lado dela, como decoração.

Na manhã seguinte, liguei para Renata.

— Estou chegando a Roma.

— Você não sabe o que aconteceu.

— O quê?

— Um estranho entrou na minha casa ontem à noite, enquanto eu estava no Auditorium.

— Roubou algo?

— Aparentemente, não. Minhas empregadas estão sendo interrogadas na delegacia, mas duvido que elas tenham a ver com o ocorrido.

— Você vistoriou os armários?

— Ainda não.

— Você é louco!? E a coleção de relógios do seu pai!?

— Esqueci completamente... Que idiota que eu sou! Vou olhar já! Um beijo.

Meu pai havia deixado uma coleção de mais de uma centena de relógios. Era um maníaco por marcas caras. De vez em quando, eu usava um deles. Uma vez a cada quinze dias, um relojoeiro de confiança vinha fazer a manutenção das máquinas, o que significava dar corda, acionar os automáticos e verificar se estavam todos funcionando bem. Eu guardava a coleção em cinco caixas de couro, em um closet contíguo ao meu escritório. O armário era mantido trancado, e a chave era guardada numa das gavetas da minha escrivaninha. Encontrei a chave em seu lugar, mas, quando abri o armário e examinei as caixas, dei por falta de quinze relógios: quatro Rolex, três Panerai, três Patek-Phillipe, dois Jaeger Le Coultre, dois Breitling e um Ômega. Fiquei lívido: o conjunto roubado valia em torno de sessenta mil euros.

Telefonei outra vez para Renata, e relatei o prejuízo.

— Esqueça: os relógios devem estar agora em Nápoles, nas mãos de camorristas... Mas como você pode ter a casa que tem, sem câmeras de vigilância?

— Mas meu pai não tinha...

— Seu pai não tinha câmeras, mas tinha guarda-costas bem parrudos, que se revezavam na casa dia e noite.

— Você nunca me contou.

— O que você pretende fazer?

— Ainda que você ache inútil, vou registrar o roubo na delegacia, como me instruíram os carabinieri.

— Veja se não estão maltratando as empregadas. Elas ainda estão lá.

— Acho que sim.

Na delegacia, as duas mulheres apresentaram álibis bem consistentes. Ambas moravam com os maridos e filhos e, na hora presumida do roubo, estavam em frente à televisão, com os familiares, vendo um dos shows de horrores da RAI. Completei o boletim de ocorrência e voltamos todos para casa. À noite, Renata veio jantar.

— Se eu fosse você, instalaria o quanto antes um sistema de segurança. Imagine se tivessem roubado o Caravaggio?

— Vou providenciar amanhã mesmo um equipamento.

— Vigilantes são antipáticos, mas talvez seja o caso de...

— De jeito nenhum. Não quero perder a privacidade.

— Está bem.

— Tudo isso me fez mal. Vamos viajar no fim de semana? Estou com vontade de esquiar. Já há bastante neve em Terminillo.

— Não posso, querido. Estou organizando a segunda etapa do concurso de dança na minha escola.

— É um concurso nacional?

— É.

— Ah...

— Se você quiser, posso tomar conta da sua casa. Você me dá chave e eu me instalo lá na sexta-feira, até você voltar... no domingo ou na segunda?

— Na segunda, pode ser?

— Claro.

— Obrigado, querida.

Terminillo é uma estação de esqui nos Apeninos, a cerca de uma hora de Roma. Em 1933, Mussolini mandou construir uma estrada unindo a capital até a montanha, que ficaria pronta cinco anos depois. Tudo porque o Duce gostava de levar sua amante favorita, Claretta Petacci, para lá, onde podiam ter mais liberdade. Não é uma estação tão refinada como as alpinas, mas gosto dela porque sua topografia é bastante favorável a maus esquiadores como eu. Também gosto de caminhar na neve, com aqueles ridículos sapatos com raquetes nas solas, para depois cair exausto na cama. Não tenho o gosto dos alemães por montanhas, mas de vez em quando me agrada a ideia de estar a dois mil metros de altura. Como o ar rarefeito exige muito dos pulmões, ao voltar ao nível do mar, sinto-me revigorado, respiro mais facilmente. É como correr na esteira ergométrica com um grau de inclinação alto e, em seguida, baixar para zero. Nos primeiros dias, eu pareço voar em Villa Borghese, durante minhas corridas matinais.

Quando fui para Terminillo naquela sexta-feira, o tempo estava maravilhoso. No sábado, fechou um pouco à tarde, para, no domingo, começar a chover ininterruptamente. Antecipei minha volta no começo da tarde, sem avisar Renata, para lhe fazer uma surpresa. Surpresa tive eu: ao chegar em casa, encontrei-a reunida com cinco árabes e Giuseppe. Eles estavam à mesa de jantar, com um grande mapa de Israel e Palestina, discutindo em italiano e árabe. Ao me verem entrar, os árabes recuaram um pouco da mesa, numa reação instintiva de criminosos pegos em flagrante. Giuseppe continuou onde estava, numa das cabeceiras. Renata veio ao meu encontro.

— Você não ia voltar amanhã?

— Começou a chover sem parar.

— Esses são amigos meus, acabaram de chegar do Oriente Médio.

— Giuseppe não estava no Oriente Médio.

— Com exceção de Giuseppe, claro.

— O que eles estão fazendo aqui?

— Vieram me mostrar como anda a situação por lá.

— Para isso, existem os jornais.

— Eles têm informações mais precisas.

— E você precisa delas para quê?

— Vamos fazer o seguinte, querido, você deixa sua mala no quarto, toma um banho e, quando voltar, eles já não estarão mais aqui.

— E tudo volta ao normal, sem explicações.

— Prometo que explico.

Fui para meu quarto, e demorei o maior tempo possível para voltar à sala. Quando reapareci, Renata estava sentada num dos sofás Cassina, lendo uma revista de moda, como se fosse uma burguesinha interessada apenas nas vitrines de Via dei Condotti.

— Muito bem, explique.

Renata permaneceu com os olhos na revista, o que me exasperou ainda mais, antes de vir se sentar na poltrona ao lado da qual me instalei.

— É verdade que os árabes são meus amigos.

— Isso quer dizer, imagino, que não houve um gang bang na minha cama, com a participação de Giuseppe.

— É verdade também que eles acabaram de chegar do Oriente Médio.

— Isso quer dizer, imagino, que não são vendedores de falafel em Termini.

— Eles são ativistas do Hamas.

— Ótimo, você trouxe terroristas para conhecer minha casa.

— Você parece um israelense de direita.

— Não, sou um judeu, ou pelo menos tenho sangue judeu, que não gosta de quem gosta de matar judeus.

— E eu sou uma judia que não gosta que judeus confinem palestinos em campos de concentração e matem crianças com bombas de fósforo.

— Porque foram provocados.

— Quem tomou a terra de quem?

— Por favor, Renata, não vamos transformar nossa conversa numa reunião do Conselho de Segurança da ONU. Você não tinha o direito de usar minha casa como aparelho de militância política, sem a minha permissão.

— Você tem razão. Peço desculpas.

— Eu sabia da sua simpatia pelos palestinos, mas não imaginava que chegasse a esse ponto. O que vocês estavam combinando com aquele mapa?

— Israel está se preparando para lançar uma ofensiva contra a Faixa de Gaza.

— E a unidade de combatentes do gueto de Roma vai enfrentar o melhor exército do mundo.

— Não seja irônico.

— Tenho o direito.

— Eles estavam me mostrando a rede de túneis pelos quais armas, suprimentos e pessoas atravessam do Egito para Gaza.

— ...

— Eu vou partir dentro de uma semana.

— Não estou entendendo.

— Claro que está.

— Estou, mas me recuso.

— Vou entrar em Gaza, levando um carregamento de suprimentos: alimentos, remédios e dinheiro em moeda forte. E vou permanecer lá, como escudo humano, para tentar impedir bombardeios de Israel contra alvos civis.

— Você enlouqueceu.

— Nunca estive tão sã.

— Você é uma judia que colocará sua vida em risco para defender um inimigo que não para de lançar foguetes contra Israel.

— E que enfrenta uma resposta desproporcional aos ataques praticados de uma forma descoordenada e sem o aval da direção do Hamas.

— Como você pode acreditar nessa propaganda vagabunda?

— Você não acha que os palestinos têm direito a um Estado próprio, que a política de Israel é impiedosa e não faz jus à tradição judaica de tolerância?

— Não acho nada, Renata. Na verdade, não tenho lado. Só não gosto de ver judeus sendo mortos. Nem palestinos. Mas, como judeu, não posso achar uma boa ideia que uma judia resolva ser escudo humano. Por que você não vai protestar em favor dos palestinos na Piazza del Popolo ou em Telavive?

— A injustiça contra Gaza é grande demais para eu ficar apenas atrás de um megafone, gritando palavras de ordem.

— Logo você, que dias atrás ridicularizava o amor pela humanidade.

— Justamente porque não amo a humanidade, sinto-me obrigada a tomar partido. Você já viu crianças mortas ou queimadas por bombas de fósforo, arma proibida pela Convenção de Genebra que disciplina os conflitos militares?

— Não.

— É indescritível.

— Se tivessem sido mortas por armas permitidas pela Convenção de Genebra, tudo bem? Aliás, o dinheiro que você está levando será usado pelo Hamas para comprar armas.

— Não, eu mesma inspecionarei os gastos. Quanto à Convenção de Genebra, pelo menos significaria algum respeito por normas internacionais. A falta de respeito por essas normas dizimou seis milhões dos nossos, na Segunda Guerra. Ou 5,7 milhões, pela contagem mais recente.

— Renata, deixe de ser louca.

— Tarde demais, já reuni uma grande quantidade de carga a ser transportada pelo túnel, e quero controlar o processo de perto.

— Como você conseguiu?

— Doações e confiscos.

240

— Confiscos. Você está usando o jargão dos terroristas de esquerda dos anos de chumbo.

— Seus relógios, por exemplo.

— ...

— ...

— Você...

— Não eu. De fato, estava em Ancona, como jurada de um concurso de dança. Giuseppe.

— Meu treinador me roubou!?

— Confiscou.

— O filho da puta me roubou.

— Ele faz parte do nosso grupo.

— Giuseppe é outro judeu traidor.

— Não o condene. Ele relutou em fazê-lo, mas cedeu aos meus argumentos políticos.

— Só políticos?

— Sim.

— Chega de mentiras, Renata, conte tudo.

— Giuseppe foi meu amante, antes de eu conhecer você.

— E você indicou seu ex-amante para ser meu treinador e, depois, me roubar!

— Não seja drástico.

— Não sou drástico, sou um escritor que gosta de ser exato com as palavras. "Confisco", por exemplo, é um eufemismo idiota.

— Concordo que seja, mas não sempre. Não no seu caso. Você quer exatidão? Vou lhe dar exatidão.

— ...

— Em 1967, na Guerra dos Seis Dias, seu pai fez parte de uma força especial do exército de Israel, a Sayeret Matkal. Matou dezenas de árabes. Depois, fez fortuna contrabandeando armas para os falangistas cristãos libaneses que, em 1982, durante trinta e seis horas, massacraram metodicamente os palestinos refugiados nos campos de Sabra e Chatila. Em 1988, na primeira Intifada, integrantes de uma unidade militar israelense conhecida como Raposas de Sansão quebraram os ossos de um palestino de 21 anos até a morte, por ordem do comandante. Houve uma auditoria e o comandante foi afastado. Pois seu pai, amigo desse monstro, garantiu-lhe uma pensão vitalícia. Ele também fornecia armas ao governo da Jordânia, que mata a intervalos regulares palestinos que podem vir a se tornar lideranças de seu povo. Sem nenhuma motivação ideológica, ele equipou milícias e esquadrões genocidas na África subsaariana. Ele fez dinheiro, ainda, coordenando uma rede de informantes que servia ao Mossad, o serviço secreto de Israel, no sul da Europa.

— ...

— Sim, essa casa, sua riqueza, tudo foi erguido com o sangue palestino e africano. Você há de convir que o confisco de alguns relógios é um preço até que baixo.

— Meu pai foi assassinado?

— Não, morreu de ataque cardíaco, enquanto trepava com uma prostituta cara que fazia bunga-bunga com Berlusconi; aliás, outra de suas belas amizades. Mengele também morreu sem pagar pelos seus crimes. De qualquer forma, seu pai já estava com câncer.

— Não o conheci, mas você me ofende ao compará-lo a Mengele.

— Está bem, não comparo mais.

— Você sabe onde ele foi enterrado?

— Sei.

— Você me leva até lá?

— Por que eu o faria?

— Porque, embora você diga que não me ama, usufruiu da minha companhia, foi mimada por mim, confiscou meus relógios e existe um vínculo entre nós, queira você chamar de amor ou não.

— Sim, existe um vínculo.

— Pois então.

— Não sei... Isso, de certa forma, seria prestar um favor a ele.

Enfureci-me.

— Um favor a ele!? Nas disposições testamentárias, ele proibiu que eu obtivesse qualquer informação a seu respeito! Minha mãe rasgou todas as suas fotografias e nesta merda de casa não há nenhuma imagem dele! Agora sei por que ele não queria que soubesse nada sobre ele! Era um contrabandista de armas! Um filho da puta! Ao me levar ao cemitério, se é que ele está num maldito cemitério, você estaria prestando um desfavor a ele! Mais uma vingança do povo palestino, capito!?

— ...

— ...

— Está bem. Ele foi enterrado em Ferrara. Amanhã, podemos ir até lá.

— Ferrara?

— A cidade mais judaica da Itália.

— Ótimo. Obrigado.

— Vou embora. Pego você amanhã. Vamos no meu carro.

— Está bem.

— ...

— ...

— Ciao.

— Renata...

— ...

— Pegue as outras caixas de relógios. Venda-os todos.

— ...

— ...

— Obrigada.

27

Foi o pensamento que me ocorreu quando adentrei o cemitério hebraico de Ferrara: ao contrário dos anúncios de putas, monumentos históricos do meu país natal e hotéis três estrelas na internet, o local correspondia à descrição que encontrei no seu site:

> Ele surge em uma área que a comunidade judaica adquiriu no século XVII, chamada antigamente de Horto dos Judeus. Na época, dessa região privilegiada da cidade podiam ser admirados os maravilhosos Giardini della Montagnola. As lápides que podemos encontrar em seu interior remontam ao século XIX, por causa da espoliação ocorrida no século precedente. As lajes de mármore do século XVIII foram eliminadas por ordem da Inquisição e, em seguida, incorporadas à coluna sobre a qual está a estátua de Borgo D'Este (da família que governava Ferrara), ao lado do Palácio da Prefeitura. Algumas dessas lápides têm notável valor artístico. Entre elas, destaca-se a que indica a sepultura de Giorgio Bassani, obra de Arnaldo Pomodoro. Uma curiosidade ligada ao lugar é a presença do ginkgo, planta originária do Extremo Oriente.

A sepultura do meu pai não ficava muito longe da de Bassani, autor de *Il Giardino dei Finzi-Contini*. Um contrabandista de armas e um escritor maravilhoso sendo devorados pelos mesmos vermes, pensei. Passeei um pouco pelo cemitério, enquanto Renata me esperava no carro. Ao voltar à sepultura do meu pai, o cinismo desapareceu. Ele morrera com 80 anos, assim como Jacques Lacan, e eu estava sentindo uma ternura inédita por aquele pai desconhecido, da mesma forma que Sybille Lacan na cena em que relata a sua visita ao túmulo paterno. Era esse o vaticínio de Sybille Lacan Cumana: eu sempre amaria meu pai, apesar de tudo, porque ele era um pai e eu, um filho. Renata tinha razão quando dizia que não éramos obrigados a gostar de nossos pais, nem nossos pais a gostar de seus filhos. Mas eu queria ter dado desafogo a esse vício do qual eu experimentara somente a abstinência — abstinência minorada por saber onde ele jazia. A ilusão infantil que eu nutrira era imaginar que eu pudesse odiar o pai que me abandonara. Na realidade, pelo fato de não tê-lo conhecido, eu podia criar um pai para mim — que se mostrara adorável e pressuroso, porque arrependido. Eu podia criar um pai que, apesar das monstruosidades cometidas contra palestinos e do oportunismo em relação a africanos, teria a chance de redimir-se por meu intermédio. No capítulo dezesseis, cito o escocês J. B. S. Haldane. Ele foi um soldado sanguinário na Primeira Guerra Mundial, ao integrar um regimento de infantaria chamado The Scottish Black Watch, cujo lema é "Ninguém que me provoca fica impune". Enviado ao fronte francês, Haldane gostava tanto de matar que seu comandante o definiu como "o mais bravo e sujo oficial do exército". Depois de ferido, continuou a lutar, jogando bombas e executando ações de sabotagem. Ainda durante a guerra, tornou-se comunista. Embora tenha rompido com o partido na década de 50, seguiu admirador de Stalin. Esse mesmo Haldane, contudo, foi um dos pais da genética moderna. Além de fazer várias descobertas nesse campo, anteviu a possibilidade de bebês serem gerados em laboratório. Matou e fez viver. Foi o cientista que a posteridade conservou, deixando o soldado sujo como nota de rodapé. Eu faria de meu pai, consideradas as vastas diferenças, um Haldane, embora seja duvidoso que ele tivesse o mesmo senso de humor do escocês. Doente de câncer, internado no hospital, Haldane fez o seguinte poeminha, pouco antes de morrer, em 1964, do qual reproduzo um fragmento:

Cancer's a Funny Thing:
I wish I had the voice of Homer
To sing of rectal carcinoma,
Which kills a lot more chaps, in fact,
Than were bumped off when Troy was sacked.
(...)

I know that cancer often kills,
But so do cars and sleeping pills;
And it can hurt one till one sweats,
So can bad teeth and unpaid debts.
A spot of laughter, I am sure,
Often accelerates one's cure;
So let us patients do our bit
To help the surgeons make us fit.

Não chorei dessa vez. Aliás, nunca mais chorei depois de conhecer a sepultura do meu pai. Eu encontrara a pergunta a ser feita. A pergunta que movera santos e demônios, que confortara e inquietara, que explicara e enlouquecera, eu nem santo nem demônio, agora em parte confortado, agora em parte explicado.

28

Renata partiria dali a uma semana. Eu continuava a não concordar com a sua decisão, mas guardei para mim todos os argumentos que vinham à minha cabeça. Por que não? Além da coleção de relógios, doei quinhentos mil euros para a construção de um hospital em Gaza. Pelo menos, Renata me disse que essa seria a destinação do dinheiro.

Na véspera, fizemos sexo como se fôssemos nos ver no dia seguinte. De manhã, acordei sozinho, como de hábito — e não falei mais com Renata. Se tudo desse certo, ela voltaria dali a três, quatro meses. Não voltou. Giuseppe, que continuou em Roma, foi quem me deu a notícia.

— Renata morreu há quinze dias, fui informado hoje de manhã.

— ...

— Você está se sentindo bem?

— Preciso me sentar. Você pegaria um copo d'água, por favor?

— Tome.

— ...

— ...

— Ela morreu como escudo humano?

— Não, foi morta por palestinos.

— Como assim?

— Você se lembra daquele ativista italiano, Vittorio Arrigoni, que morava na Faixa de Gaza, como apoiador da causa palestina, e foi morto pelos radicais salafistas, ligados à Al Qaeda e que lutam contra o Hamas, por achá-lo moderado? Os salafistas, que clamam pela libertação de integrantes seus presos em Gaza e na Jordânia?

— Lembro. O coitado foi encontrado estrangulado. Você está dizendo que...

— Sim. Antes de a estrangularem, ela foi estuprada.

— Meu Deus...

— Essa gente é louca.

— ...

— Temos um problema: como Renata era judia, Israel não quer receber seu corpo, por julgá-la traidora. Ela também não pode ser enterrada em solo árabe, apesar de ter feito tanto por Gaza. Como a Itália não mantém relações diplomáticas formais com os palestinos e não quer causar embaraços com Israel, a Farnesina está procurando um modo de transladar o corpo para Roma. Só que isso pode demorar meses.

— Você disse que temos um problema. Você tem a solução?

— Sim. Os chineses.

— Os chineses?

— Você sabe que milhares deles trabalham ilegalmente na Campania, em fábricas que costuram a baixíssimo custo as roupas vendidas pelas grifes de Milão.

— Li no livro de Roberto Saviano.

— Então você leu também que o porto de Napoli é por onde saem os contêineres refrigerados com os corpos dos chineses ilegais que querem ser enterrados na China. Pois bem, os navios com esses contêineres passam pelo Canal de Suez, tanto na vinda como na volta. Poderíamos contrabandear o corpo de Renata para um deles, depois de transportá-lo por um dos túneis que ligam Gaza ao Egito, e resgatá-lo em Napoli.

— Vamos fazer isso. Pago o preço que for.

— Só que ela não poderá ser declarada morta. Vou acessar canais israelenses, palestinos e italianos, para que Renata seja dada como desaparecida.

— Uma realidade transformada em alucinação...

— Como?

— Nada.

Meu pai contrabandeava armas; eu contrabandeei um corpo. Duas semanas mais tarde, fomos buscá-lo em Napoli. Com o caixão já instalado no furgão que seguia à nossa frente, Giuseppe me perguntou onde eu gostaria de enterrar Renata.

— No meu jardim.

— No seu jardim?

— Sim. Inclusive porque não poderíamos enterrá-la em um cemitério, sem trâmite legal.

— Está certo.

Eu havia dispensado as empregadas naquele dia. Quando chegamos, Giuseppe convocou dois dos árabes que encontrei em minha casa, na volta de Terminillo, para ajudá-lo a cavar a cova.

— Onde vamos enterrá-la, exatamente?

— Por favor, remova o pé de manjericão, e a enterre ali. Depois, coloque a planta de volta.

Assim foi feito.

Ao final, os árabes entoaram um canto fúnebre. Eu e Giuseppe permanecemos em silêncio, ele com um quipá escuro na cabeça, retirado do bolso de sua calça.

Servi um café a todos, antes que os árabes fossem embora. Eu e Giuseppe ficamos juntos, entre conversas e silêncios, até o anoitecer.

— Giuseppe, quando você me contou sobre a morte de Renata, disse "essa gente é louca". Você estava se referindo aos palestinos que a mataram ou a todos os palestinos?

— A todos.

— Mas você não defende a causa palestina.

— Vou me abrir com você, porque teremos de conviver durante muito tempo. Eu não concordo com a política de Israel em relação aos palestinos, mas sou

252

judeu, tenho cidadania israelense e... sou agente do Mossad.

— ...

— Sim, fui encarregado de infiltrar-me entre os simpatizantes pró-palestinos na Itália. Foi assim que me aproximei de Renata e seu grupo. Eles eram ingênuos, nunca deparei com atividades terroristas promovidas por eles. Eu só avisava a inteligência israelense das remessas que eles faziam para Gaza. Nada que eles mandavam chegava a seu destino; tudo era interceptado ainda no Egito. Foi por isso que Renata resolveu ir dessa última vez: para tentar garantir que o dinheiro e os suprimentos atravessassem os túneis. Embora o governo egípcio tenha aberto a fronteira com Gaza, é por debaixo da terra que o Hamas continua a receber boa parte da ajuda do exterior.

— Você não sente remorso?

— Não, a decisão foi dela. Eu tentei demovê-la da ideia, mas foi inútil. Disse que você a amava, que ela tinha sua grande chance em você...

— E nada.

— Nada. Renata era imune à droga amor.

— Ela desconfiava que você era agente de Israel?

— Acho que não.

— O meu pai foi seu chefe?

— Indireto.

— ...

— Antes de viajar, ela me fez um pedido.

— Qual?

— Para que entregasse uma carta a você.

Giuseppe foi até o carro e voltou com um envelope branco.

— Tome. Volto na semana que vem, para continuarmos nossas aulas.

— Quem disse que eu ainda o quero como treinador?

— Depois que doou uma fortuna ao Hamas, você estará sempre na mira do Mossad. É melhor que seja eu a vigiá-lo, não acha?

— ...

— Até a semana que vem.

Sozinho no jardim que agora servia de cemitério a Renata, abri o envelope que ela havia deixado.

Querido,

não sei se conseguirei voltar de minha missão. Se não voltar, gostaria que lesse estas linhas e tentasse não sentir raiva de mim. Não o amei, mas quase. Não o odiei, mas quase. Nossa aproximação, a princípio, era uma forma de vingar-me de seu pai usando-o como instrumento. Não tolerava a ideia de ele ter ganhado dinheiro com a morte de inocentes — ou mesmo culpados. Recusei-o por isso. Não como amante, mas como filha. Sim, sou sua meia-irmã temporã. Nosso pai não me registrou porque minha mãe era casada com o homem que

254

viria a me criar. Poucos antes de sua morte, ele procurou-me, para que eu recebesse a minha parte da herança. Repeli-o com as piores palavras. Quando você veio morar na casa que era dele, procurei uma maneira de me vingar dessa herança sanguínea maldita ("herança maldita", a expressão que minha mãe usava, pensei). Não foi preciso: você veio até mim. Eu acabei me afeiçoando a você, e talvez seja uma crueldade revelar nosso parentesco. Mas acho que você tinha esse direito. Sei que o incesto, por causa de todas as suas implicações sociais e psíquicas, pode ser uma marca dolorosa inextinguível. Era essa marca que eu queria impingir à memória dele e ao filho que aceitou seu dinheiro. No entanto, com o passar do tempo, percebi que não éramos irmãos de verdade. Mais do que irmãos, nos tornamos amigos. E, mais surpreendente, o convívio com você mitigou o ódio que eu sentia por meu — pelo nosso — pai. Ele deixou algo de bom, enfim. Você não cometeu incesto, fui eu a fazê-lo, como um escudo humano contra mim mesma, e espero que você enterre esse episódio comigo.

Dentro do envelope, você encontrará uma foto dele. Como verá, tenho os mesmos traços e a expressão desse pai que não foi pai. Quem sabe agora ele não poderá sê-lo um pouco para você?

Adeus,
Renata

Peguei a foto e a desembrulhei do papel de seda. A imagem mostrava um homem de cinquenta anos, a minha idade agora, a bordo de uma lancha, jovial e com um sorriso nunca estampado por sua filha. Renata era, de fato, bastante parecida com o meu Haldane.

Chamei Salvatore para dormir na minha casa. Ele deu uma desculpa à mulher e se instalou no quarto vizinho ao meu durante dez dias, até que o antidepressivo e os calmantes me segurassem em pé depois daquela revelação.

29

Renata disse numa de nossas conversas às margens do Tibre que Lady Gaga havia afirmado durante um espetáculo que gostava da verdade ainda menos do que de dinheiro. "La vérité, como dizem os franceses", explicara à plateia.

— Lady Gaga declarar que não gosta de dinheiro é, de fato, uma demonstração de desapreço pela verdade. Até você deve gostar de dinheiro, Renata.

— Gosto de dinheiro, embora não tenha tanto assim, porque me permite levar uma vida confortável. Mas gosto muito menos do que você.

Agora, entendo o que ela quis dizer. Eu deveria me sentir culpado por ter aceitado a herança do meu pai, ao contrário dela, que recusou cada centavo que lhe era de direito? Eu, que nem sabia como ele angariara tamanha fortuna? Renunciar ao patrimônio e voltar a ser pobre? Não, seria suicídio. Uso o dinheiro com relativa parcimônia. Poderia ter uma Ferrari, um chalé numa estação de esqui chique, as mais belas mulheres da Itália — e não tenho nada disso. E ainda doei dinheiro à causa palestina. Acho que, ao levar em conta as minhas privações, minha ignorância em relação às atividades do meu pai e o meu estilo de vida, posso ser absolvido. Eu me absolvo, pelo menos, e é o que importa. De qualquer forma, vou doar uma boa soma a crianças vítimas das guerras na África subsaariana. Tirarei sonecas mais confortáveis no sofá do meu escritório, até quando for possível.

Resolvi escrever este capítulo depois de haver terminado o capítulo final, a seguir, porque Salvatore, ao ler o livro antes de eu enviá-lo à editora, disse que falei relativamente pouco de Renata. Que ela era uma personagem que poderia ter sido melhor explorada. Como Salvatore jamais acharia nada do que escrevo ruim, considerei seriamente a sua observação.

Se você tem a mesma opinião dele, aqui vai minha justificativa. Assim como Lady Gaga, também não gosto da verdade. Não gostar da verdade é bem diferente de não admitir que ela exista, ou que existam várias verdades. Não gosto da verdade porque ela costuma ser desagradável como uma cidade planejada por engenheiros — o oposto de Roma, planejada, sim, mas como um sonho, cheia de sentidos ocultos até mesmo para quem idealizou suas partes mais belas e enganosas. Renata, em que pese a entrega à sua causa, também não gostava tanto assim da verdade. Foi o que ela me disse na continuação de nosso diálogo sobre Lady Gaga; e não se tratava, decerto, de um comentário sobre sua vida dupla, como ativista política e professora de dança, como minha namorada e irmã. Hoje, interpreto como uma declaração de amor a mim. Amor no conceito de Renata.

— Qual é a sua verdade perante o mundo? Pelo que você deu a entender, a de um homem irascível, mandão, controlador e que pode ser brutal com a mulher a seu lado. De vez em quando, esse seu lado aflora comigo, não sei se você percebe.

— Percebo.

— E qual é a minha reação?

— Quando eu fico, vamos resumir, bravo?

— É.

— Você muda de assunto. Ou, quando estou chato demais, parece concordar com tudo o que digo.

— Funciona?

— Funciona.

— E as outras?

— Choravam, gritavam e...

— ...e o traíam achando que você merecia. Pelo menos uma o traiu.

— Eu nunca lhe contei isso.

— Você me mostrou o começo do seu artigo sobre trabalho, esqueceu?

— Também traí, também cometi atos abomináveis. Não posso ser autocomplacente.

— O amor é um vício e, como todo vício, pressupõe autocomplacência.

— ...

— A mulher que estava no estado de Hesse, enquanto você a esperava em Berlim... Ela existiu, não existiu?

— Nada ali é só ficção, nem a história do lobista. As duas mulheres do início dizem respeito também a Isabel e Lorenza, sobre as quais já lhe falei, de um modo ainda obscuro para mim.

— Não importam suas elaborações literárias, o que me interessa é essa terceira mulher. Minha intuição diz que ela não aguentou a verdade expressa pelo seu jeito de ser.

— Foi uma das alegações. Eu também não tolerei a verdade dela.

— Ela o traiu para tentar livrar-se de você, imagino.

— Ridículo.

— Não teria sido mais simples tratar a verdade como um cachorrinho incômodo, com quem se pode até ralhar, mas que fica dócil se for acariciado? Ela não se deu conta disso, e provavelmente agora está sozinha ou com um sujeito com verdades sem nenhuma graça. Talvez o próprio americano com quem ela transou.

— Mas também pode estar feliz.

— A felicidade dos cemitérios, se estiver com o americano.

— Você é antiamericana?

— Sim, em relação ao Oriente Médio, ao vinho e ao sexo. Já trepei com mais de um americano. É a trepada McDonald's; e com um edipiano, então, o

260

papai e mamãe way deve ganhar a companhia permanente da mãe dele.

— Ele dizia que ela era a cara da mãe dele

— E ela não saiu correndo!?

— Não, sentiu-se homenageada.

— Ela sabe que ele é pilantra?

— Finge que não acredita. É o que fazem as mães em relação ao filhos, não?

— Saudade: tem ou não tem?

— Ela vivia dizendo que sou um narcisista.

— E o que é uma mulher que se sente homenageada quando um homem diz que ela é a cara da mãe dele?

— ...

— Você é um narcisista, mas o seu nível de narcisismo é bastante tolerável. Você, por exemplo, é um escritor que não gosta de falar de sua literatura. Tem coisa mais insuportável — e narcísica — que um escritor que aproveita qualquer atalho para falar de seus próprios livros e projetos?

— Ela também dizia que sou amorosamente obsessivo. Deslegitimava meus sentimentos como se todas as categorias neuróticas se aplicassem apenas a mim.

— Vou explicar como é a dinâmica do vício do amor: quando queremos muito alguém e ele também nos quer, chamamos isso de paixão. Quando não o queremos mais, por esse ou aquele motivo, e ele ainda nos quer muito, chamamos a coisa de obsessão.

— Eu sou um cachorrinho incômodo.

— Ofendido?

— Não, é que tudo parece tão fácil quando visto assim...

— Quando não se gosta da verdade... Ou melhor, quando não se trata a verdade como uma tirana a ser obedecida ou sempre confrontada, tudo fica simples.

— Você falou em "felicidade dos cemitérios": observação curiosa para quem acha o amor uma droga e defende as sociedades conjugais baseadas apenas no interesse mútuo.

— E alguma empatia e tesão, não esqueça. Posso estar errada, mas não é o caso dessa mulher com esse americano.

— Foi, durante algum tempo, o meu wishful thinking: que tudo desse errado. Mas talvez tenha dado certo, sei lá. Um edipiano como esse sujeito pode ser um cachorrinho bastante cômodo.

— Você não quer me contar a respeito da sua história com ela?

— Era uma relação especular. Para além de eu ser um cachorrinho incômodo, acabei quebrando ambos os espelhos — e ela não conseguiu suportar, em mim, a visão de sua própria imagem estilhaçada.

— Conte mais.

— Não.

— O nome.

— Fine.

Eu poderia ter falado horas sobre essa mulher. Eu poderia ter escrito dezenas de páginas sobre essa mulher. Mas já há mulheres demais neste livro, e ela não mudou meu rumo, como Isabel e Lorenza. Repito: só serviu para que eu construísse uma boa abertura para o artigo que se transformou em romance, assim como aquela outra do lobista. Deixemo-la como personagem achatada. Escritores são oportunistas filhos da puta.

Também poderia ter pesquisado mais a respeito do passado de Renata. Ter dedicado linhas e linhas à sua infância e adolescência. Ter entrevistado seus companheiros de luta. Para quê? A fim de extrair mais verdades das quais talvez não gostasse? Ela não merecia. Eu também não.

Conservemos Renata como uma meia verdade.

30

O manjericão exige ser replantado periodicamente. Depois da morte de Renata, passei a fazê-lo eu próprio, como forma de homenageá-la. Minhas empregadas não desconfiam de que ali debaixo há um corpo. Mas quem, em Roma, sabe o que existe em seus subterrâneos?

Levo minha vida sem que Domenico, o barista, desconfie do que ocorreu comigo e do que acontecerá em breve. Genetics is a funny thing, e encontrei, finalmente, uma editora para este livro. A história é bem menos banal do que poderia supor Saulo. O que foi feito dele? Na literatura, nem todas as pontas precisam ser amarradas pelo autor — mas você, leitor, tem a liberdade para fazê-lo. Depois de publicar este livro, retomarei o outro romance, sem data para terminá-lo. Se terminá-lo. Talvez valha a pena me dedicar à minha única realidade alucinatória, ou alucinação petrificada em realidade: Roma e suas pontes, e seu rio, e seus palácios, e suas ruínas, e seu Arco de Tito, erguido para comemorar o massacre dos judeus revoltosos contra o império e a expulsão dos demais da Judeia.

O imperador Tito era chamado de "amor e delícia do gênero humano", graças à sua inteligência e caráter, de acordo com Suetônio, autor de *Vidas dos Césares*. Antes de ser alçado ao poder, o filho de Vespasiano foi objeto de ódio e vitupério. "Além da crueldade, era suspeita a sua devassidão, já que, com os amigos mais pródigos, dedicava-se a orgias que duravam até o fim da noite, e não era menos suspeita a luxúria, seja pelo seu hábito de cercar-se de um bando de pederastas e eunucos, seja pela sua conhecida paixão pela rainha Berenice, a quem se dizia que havia prometido desposar; era também suspeita a sua rapacidade, pois era sabido que aceitava comissões e prêmios nas causas tratadas diante do próprio pai." Berenice foi seu grande amor, mas Tito não a pôde tomar como mulher, depois de se tornar imperador, por ela ser palestina. Conheceram-se na Judeia, quando ele era comandante das legiões romanas e Berenice e os seus ajudaram o império a dar um basta na revolta judaica. No último assalto contra Jerusalém, Tito matou doze defensores com idêntico número de flechas, numa demonstração de sua habilidade de arqueiro. Ele conquistou a cidade no dia de aniversário de sua filha, "com tanta alegria e entusiasmo dos soldados, que eles o saudaram logo como 'imperador'", relata Suetônio. O Arco apresenta, em sua decoração, a única reprodução fidedigna de artefatos do segundo Templo de Jerusalém, do qual só restou o Muro das Lamentações. O Estado de Israel inspirou-se no relevo que mostra a antiga menorá, o candelabro de sete braços esculpido com setenta quilos de ouro, para desenhar o seu símbolo.

Fecho este livro com o imperador Tito, porque sem ele não haveria a diáspora, as cruzadas contra os muçulmanos, o espraiamento palestino pelo território que reivindicam, o antissemitismo, os pogroms, Adolf Hitler Schicklgruber, a ocupação israelense da antiga Judeia, as guerras contra os árabes, o terrorismo islâmico, Sabra, Chatila, Gaza, meu pai, eu, Renata. Mas, ao petrificar passado, presente e futuro com sua beleza, o Arco de Tito é outra alucinação da paisagem romana. O papa Paulo IV, criador do gueto romano, queria que os judeus da cidade passassem anualmente pelo arco, como um ato de submissão. Eles se recusaram; eu o faço com prazer. Em suspensão do mundo do trabalho (Gaa-Gaa), os turistas o admiram, os melhores, sem se preocupar em deslindá-lo. E eu também gosto de me perder em seu vórtice estético, anestesiado contra a história, quando caminho pelo Foro. Roma existe, Roma não existe; sei, não sei; sou, não sou; estou, não estive.

E então, volto para casa, acompanhado pela pergunta que move santos e demônios, que conforta e inquieta, que explica e enlouquece, eu nem santo nem demônio, agora em parte confortado, agora em parte explicado.

Por que não?

OBRAS DO AUTOR

O dia em que matei meu pai (romance), Record, 2004. Traduzido em italiano (Frassinelli), espanhol (Del Nuevo Extremo, Argentina), francês (Métailié), holandês (Ambo Anthos), inglês (Scribe, Austrália e Nova Zelândia), coreano (Munhak Soochop), romeno (Humanitas) e tcheco (Jota). Publicado em Portugal pela Saída de Emergência.

O antinarciso (contos), Record, 2005. Prêmio Clarice Lispector da Biblioteca Nacional.

A boca da verdade (contos), Record, 2009.

Participação em antologias, jornal literário e revista:

"The visitor Edward Hopper received two years before his death" ("A visita que Edward Hopper recebeu dois anos antes de morrer") in *Words Without Borders* (revista online), Nova York, dezembro de 2010.

"A mouth full of pearly truth" ("A boca da verdade") in *The Drawbridge*, edição nº 11, Londres, 2008.

"Not quite what I was expecting" ("Suzana") in *The Drawbridge*, edição nº 8, Londres, 2008.

"Um chapéu ao espelho" in *Recontando Machado*, org. Luiz Antonio Aguiar, Record, 2008.

"Da amizade masculina" in *Contos para ler na escola*, org. Miguel Sanches Neto, Record, 2007.

"Um beijo entre doish cocosh" in *Contos para ler em viagem*, org. Miguel Sanches Neto, Record, 2005.

"Um beijo entre doish cocosh" in *Argumento*, edição nº 4, Rio de Janeiro, 2004.

Este livro foi composto na tipologia Garamond, em corpo 12,5/17,
e impresso em papel off-white 80g/m²
no Sistema Cameron da Divisão Gráfica da Distribuidora Record.